Amé en silencio, y en silencio muero

Wilson Rogelio Enciso

ISBN-10: 1-63065-067-6
ISBN-13: 978-1-63065-067-4

PUKIYARI EDITORES
www.pukiyari.com

"Es más que justo y merecedor dedicar estos sentimientos, hechos prosa, en general, a toda mujer. Maravilloso ser que encarna la razón de la existencia misma, do quiera esté. Y, en particular, a ella... y tú lo sabes, ya que, ¡tantas veces!, le has desgranado lágrimas a mi alma. Tal vez por culpa mía, quizá por mi ciega idolatría... Más, qué importa, toda vez que hasta sufriendo lo indecible a tu lado he disfrutado tu efervescente compañía. Por siempre, tuyo".

Índice

§

Prólogo

§

El amor, ese sentimiento unificador entre las personas, no es siempre el que nos lleva a la felicidad. Cómo en las novelas rosa, la pareja, pasa por una serie de desdichas y sinsabores que finalmente los lleva a un largo beso y la dicha eterna. Pero, ¿qué sucede cuando la historia pasional no se da de esa manera? ¿Qué sucede cuando el amor acaba? Cuándo el amor no es correspondido o cuándo es un amor compartido y en donde uno de los amantes sale sobrando.

Wilson Rogelio Enciso nos hace entrega en estas páginas de una serie de historias cortas y románticas, en donde, de manera poética, nos narra la desdicha de personajes que sucumben al amor de una mujer imposible de alcanzar. Dolor, tristeza, llanto, y el deseo, a veces, de buscar la muerte prematura ante un amor no correspondido. La melancolía, la nostalgia y el recuerdo también se hacen presentes cuando el protagonista añora el pasado, a veces feliz, a veces oscuro, cargado de un amor intenso y en ocasiones mortal.

En algunos pasajes, con léxico tenue, el autor nos deja entrever, oculto entre palabras, una cierta diferencia de edad entre los protagonistas. Ella: juvenil, sensual, erótica y coqueta. Él: taciturno, añejo, corroído y agónico. Un torbellino de juventud con ansias de descubrir nuevas emociones, enfrentada a una adultez en el ocaso del desdén rutinario.

La ausencia, el olvido, y la soledad, causados por el amor, siembran heridas en el corazón del personaje que, a raíz del adiós, la indiferencia, la desilusión y, finalmente, la infidelidad, desarrolla sentimientos autodestructivos, los cuales conllevan a preferir el sufrimiento y la mortandad, antes que ver infeliz a la doncella causante de dichos tormentos. Sin embargo, y de manera casi recurrente, el autor, con entereza y sin rencores, con palabras como: "Te seguiré amando" o "siempre tuyo", nos afirma que a pesar de la lejanía, el sentimiento está allí, presente, como el primer día, como la última noche, como en el último suspiro.

Alfredo Del Arroyo Soriano

§

Preámbulo

§

La tentación al terminar de leer cada una de estas narraciones que salen del fondo del alma de un hombre enamorado es exclamar: «¡Qué romántico!». Y luego suspirar por un amante que nos preste en la vida real ese tipo de devoción. Pero la prosa de Wilson Rogelio Enciso apunta más allá de un puro romanticismo a algo más profundo y menos conocido, el amor no correspondido y el amor incondicional, ¿pues qué es el amor no correspondido sino amor incondicional? ¿Y qué es el amor incondicional sino lo más puro que alguien puede ofrecer?

En mi novela, *99 Amaneceres* (Pukiyari Editores, ganadora del premio ILBA 2014) me introduzco, en la vida real y como escritora, en el tema del amor incondicional. La mayoría de nosotros conocemos el amor condicional, el tis con tas de recibir "amor" a cambio de algo, por lo general un comportamiento, que el que ofrece este tipo de "amor" requiere a cambio de esta farsa a la que queremos de todo corazón reconocer como amor verdadero.

El amor condicional es terrenal, se construye sobre los miedos y crea ansiedad y depresión. No se siente cómodo porque no es auténtico amor. El amor incondicional, en cambio, viene de nuestro verdadero ser, nuestro ser espiritual, e implica una conexión plena, ilimitada y gozosa con el universo y el Creador, de donde viene todo amor sin límites.

Wilson Rogelio Enciso reconoce a través de estas narraciones que, aunque el amor no sea correspondido, es posible entregarle al objeto de ese amor su más incondicional, verdadero y profundo amor sin esperar nada en retorno, ni siquiera el atisbo de una manifestación amorosa o romántica que vaya más allá del intercambio sexual temporal.

Es mi placer haber editado este libro del talentoso y prolífico Wilson Rogelio Enciso. Espero disfruten su lectura y que en ella encuentren el valor de amar en profundo, descubriendo su verdadera esencia en el proceso, así ese amor tenga que brindarse en silencio.

Ani Palacios
Presidente Pukiyari Editores
Presidente Contacto Latino
Ganadora del ILBA 2010, 2011, 2014

Melancolía al atardecer

§

Ahora

§

¡Sí, tienes toda la razón! ¿Por qué tendrías, ahora, que soportar y compartir las angustias de mi atormentada alma, de mi disminuido hálito y de mi frágil y ebúrnea humanidad? ¿Por qué, ahora, entonces, seguir conmigo y sentir y expresar algo que ya no existe… que se aleja?

Los caudales que, tiempo atrás, cautivaron tu atención, cansados y agobiados parten sin partir, dispuestos a sucumbir en la zarza del olvido, en el infecto averno de la melancolía, de los adioses idos...

Ya la fuerza que en mi juventud atrapó tu voluptuosa esencia de ardiente diosa, apenas, ahora, serpentea tenue, menguada y trémula, amenazada de muerte por esta febril sentencia del ocaso tempranero de mi vida...

Sí, es evidente, ahora, la mueca del dolor causada por esta voraz, invisible y creciente presencia invasora y corrosiva...

¡Qué intenso dolor y gran frustración me carcomen! Quise; mas no me fue posible, y tú sabes que trabajé arduo por ello hasta agotar el poco brío que me quedaba; cumplir las promesas que un día, seguro de lograrlo, te hice en aquella fría terraza de bulevar y estrellas escondidas...

Eres joven, bonita, sensual, cariñosa y, sobre todo, en la plenitud del éxtasis de la vida, merecedora de la entrega de un hombre que yo, ahora, no puedo prodigarte...

De seguir a mi lado, te diste cuenta, te contagiarás de dolor, tristeza y llanto...

Por ello entiendo, acepto e impulso tu nuevo y muy justo proceder de distancia y olvido, tímidos y escondidos, ahora, evidentes y mundanos mañana, cuando quizá ya no esté presente...

Y, aun así, te amo, y te amaré por siempre.

§

Al caer la tarde

§

Agosto 2001

Silencio ignoto, nostalgia del adiós invade el alma... Ilusión perdida... te siento ida, lejos, muy lejos tu alma inquieta de tu cuerpo esbelto.

Tu mirar de diosa crepita un amor que parte hacia destino incierto; tu voz se ahoga sin argumento alguno, sin explicación sincera, sin razón precisa.

Instas huir de mí como el día en el ocaso... al caer la tarde. ¡Huir de un amor sincero, en una mañana de tierno y fiel destino!

¿A qué le temes, vida de mi vida? Es, quizá, ¿al recuerdo de un pasado ignoto, horadado por el voraz incendio de la efervescencia humana y el ansia desmedida?

Si esa es la razón de tu inquietud, ya no me importa ahora y así te acepto y adoro.

O es, acaso, ¿que tú sabes que no podrás refrenar dicha ansia enquistada en tu existencia y por ello de nuevo recorrerás, mañana, el triste valladar preñado de placeres y fantasías vanas?

De ser así, niña mía, también lo entiendo... y pese al ardor inmenso y fieramente intenso que ello me causa, con tan solo pensarlo, lo que también me diezma la voluntad, el sentimiento y el cuerpo entero, me resigno y así te acepto con la tenue y débil esperanza de que algún día, al terminar esta tan oscura, tempestuosa y fría noche, do ululan por doquiera placenteras tus pasiones terrenales, retornes cariñosa, taciturna y mía...

Te siento ida, lejos... ¡demasiado ida!, y así te quiero, con la esperanza inútil de que algún día pueda poseer tu alma de la misma forma como hoy lo hago con tu cuerpo.

No le temas al destino incierto, ni a la debilidad del alma, tampoco al pasado oscuro. Déjame guiarte por sendero algo seguro, sin pensar siquiera que para ti eso sea compromiso alguno, o fútil pretexto para intentar moldear tu vida. Déjame guiarte, no importa que los dos caigamos en profundo abismo. ¡No importa que en el intento muera, o que mi existencia exhale en fallido duelo! Déjame guiarte sin compromiso alguno, que yo no espero de ti algo distinto al destello letal de tus extraños e infieles ojos, ¡o el trepidar de tu voz de ira cuando te invade el alma!

¡Déjame! Solo déjame hacerlo... no importa el precio que por ello tenga que pagar, pues hasta la vida misma ofrendaría a tus pies, tan por unos besos tibios de tus criminales labios, tan por una mortal caricia de tus sedosas manos.

¡Tuyo, siempre!

§

Añoranza y deseo

§

Marzo 2000

¡Cuánto te deseo, taciturna y erótica doncella carmesí! Me seduce la lujuria y el coqueteo de tu ondulante e hirsuto cabello de primaveral desvarío. Navega en mi cálida y desbordada imaginación errante la sensualidad de tu exquisita, femenina y galopante juventud, la arrogancia de tu novel experiencia sobre este mundo atorrante y bárbaro...

Y siento miedo, mucho miedo, de que al encontrarse la tibia y tenue luz de tu mirada con el voraz incendio que fluye a borbotones de mis ojos... que al fraguarse el suave néctar de tus labios con el embriagante vino añejo de mis besos, te precipites, sin control alguno, al abismo fascinante del placer mundano; al incontenible valle de la voluptuosidad, el ansia, el delirio y el goce desmedidos...

¡Tengo miedo de avivar tus deseos y fantasías más recónditas, sin que puedas, luego, refrenarlas o aplicarles control alguno! ¡Tengo miedo de descubrir el volcán ardiente que dormita taciturno en la todavía inocente geografía de tu exquisito cuerpo de niña mujer! Tengo miedo de hacer que el río voraz y candente de lujuria que fluye aún tenue en tus entrañas de éxtasis y muerte, se desborde con lujuria abrasadora... ¡Tengo miedo de sucumbir ante el desborde de tu núbil pasión!

Siempre tuyo.

§

Amores distintos

§

Noviembre 15, 2005

Tú y ella: Amores distintos...

El tuyo es sutil, vedado, inquietante, sencillo, inestable... ¡muy inseguro!

El de ella es agreste, abierto, hiriente, difícil, también inestable... ¡Algo seguro!

El de ella, se puede decir, que es de por vida...

Pues nos ata y compele el destino y nos domina el hastío.

El tuyo, se puede decir, que va a la deriva...

¡Pues te acecha el deseo, no refrenas las ansías y menos el brío!

Mentir en ti… es convicción y útil conveniencia, así la verdad te aflore, estridente, a los ojos.

Ella, por el contrario, no oculta evidencias, pues los sentimientos le manan a gritos.

¡Ella ama por contradicción y social convivencia!

¡Tú lo haces por oposición y placentera experiencia!

Tus besos son quedos, rumorosos, apacibles, tiernos…

Pero en esos momentos tu mente divaga en parajes distantes.

En ella, pasión y entrega frenética se liba en sus labios de otoño, haciendo presentes vibrantes primaveras ausentes.

Ella ama y se entrega con ojos cerrados y angustiada esperanza.

Tú nunca los cierras. Los mantienes abiertos con gran desconfianza.

Tú comprendes mis sentimientos y aceptas mi situación.

Aún no sé cuál es tu intención. La sospecho y pretendo, con miedo, ignorar.

Ella, con rabia ahogada y miradas de fuego, presiente traición, lo cual turba su razón.

Por ello, resignado su amor, jamás voy, ni merezco, de su boca escuchar.

Amores distintos, dolor sin consuelo; paralelos caminos, ignoto destino; perenne y agitada búsqueda solaz del ebúrneo epitafio sobre la loza final.

Con ella el compromiso está dado: un hogar, unos hijos, un proyecto de vida en común y, sobre todo, fidelidad a fuerza del tiempo conmigo sufrido...

Contigo... incierto lo es todo.

Siempre un "no sé" argumentas con ceño fingido, así la infiel evidencia se asome a tu faz, o golpee mis oídos.

Recóndito anhelo tu alma abriga: esperanzas ilusas de amores distintos; y aunque tú lo sabes, lo mismo que yo, siendo además evidente que si alguien se acerca mezquino interés le motiva el intento, lo aceptas, lo gozas y precipitas con ello mi muerte.

A ella la vida le dictó, aunque lo ignore o maldiga, permanencia y pertenencia en el hogar que otrora construimos.

A ti, aunque instes eludirlo, el destino te trajo a la vera fatal de mi angustia.

Amores distintos, amores complejos, amores injustos... pero, al fin y al cabo: humanos amores.

§

Azul marino

§

Julio 2001

Eso hoy soy: lejano, solitario y triste faro anclado en la inmensidad de aquel océano desconocido y taciturno, golpeado con insistencia perenne por la brisa de tu existencia grácil, juvenil y pletórica de libertad, risa loca e incontrolable deseo humano.

Y esa eres tú. Tibia y sensual brisa azul marino que transita, errabunda, sobre las olas, jugando con serpentinas de ansia y locura incontenible, ayer aquí, hoy allí, mañana allá y siempre así…

Vespertina y estática hoy mi vida ve pasar el destino y a sus nuevos protagonistas, incluida tú, siguiendo, algunos, la luz de mis cansados ojos hacia puerto algo seguro; errabundos o desconfiados otros, omiso caso haciendo al derrotero señalado por mi experiencia, mis alegrías, mis sentires y tristezas azul marino...

Y no lo puedo negar, tampoco dejar de decir: me duele inmensamente tu pasado, ¡pero lo entiendo y acepto! Fuiste brisa azul marino, muchas veces de repente abrasada por huracanes de pasiones, desmedidas unas, interesadas otras, oportunistas aquellas, inciertas muchas... Pero, de todas ellas saliste, ilesa a veces, en ocasiones mal herida, vencedora en otras...

¡Batallas triviales con victorias y derrotas fútiles!

Nada garantiza, ni impide, dulce y bella amada mía, que aquellas pasiones voluptuosas e infieles de la vida vuelvan a cruzarse por tu senda, arrastrándote, con angustia, al mundano placer de la existencia humana...

Pero, si ello acaeciera, te lo perdonaría y aceptaría mil veces mil, solo pidiéndote, con humildad de enamorado, saberlo primero de tus labios asesinos, ¡antes que de ajenas e intrigantes fuentes!

Hoy llegas al borde de mi vida rozando con escalofrío mis heridas dejadas por el paso de huracanes y tormentas, abandonado en la inmensidad de la ignota multitud, dispuesto, incluso, a dejarme corroer por el azufre y la bruma de la soledad...

Llegaste tú, brisa azul marino, arrastrando la sombra de tu ayer, donde aún se asoman, a la ventana de tu vida, vestigios de placeres y tormentas, idos unos, latentes aquellos, indelebles otros… Y así te acepto; y así te amo ¡encantadora trigueña celestial!

¡Cómo no amar con ansia y delirio ineludible esos, tus ojos pardos, traicioneros y de sonrisa extraña! ¡Cómo no libar con desespero humano la exquisitez del acíbar letal de tus infieles besos! ¡Cómo no morir del delirio en el torrente de tus encantos tropicales! ¡Cómo no desfallecer de gozo en la geografía exquisita de tu divino y embriagante cuerpo de entrega y olvido!

Mujer, ya no me importa tu pasado azul marino. Quiero, a partir de hoy, disfrutar con desvarío tu presente… y si en el futuro tus sentimientos errabundos e inquietos me lo permiten, exhalar de ansias enloquecidas entre tus brazos de locura y muerte.

¡Tuyo!

§

Cenizas de dolor

§

Enero 2005

Lo presiento... Siento que el final es inminente... Momento de partir, de emprender la triste e ineludible retirada, sin adiós, en este arrebol sin gloria, bajo el abrigo de estas cenizas de dolor, de esta tristeza vana y de una ilusión desecha en el acantilado agreste del olvido y la desesperación incierta.

¡Llanto de versos de poeta herido! ¡Sombras etéreas engalanan los recuerdos, en estas calles húmedas, solitarias, frías, con olor de muerto y sinsabor de olvido!

Te quise y te amé desde el principio mismo. Sincero sentimiento te profesé por siempre. Me esforcé más allá del cansancio, del desvelo y la desesperación, a la siga de ese, tu amor, tan esquivo, mortal, silencioso, ebúrneo y de yerto terror. A cambio, y como recompensa, solo obtuve, porque recogí del piso, mendrugos de tu amor efímero, por mi pertinaz y obstinada presencia en cada instante de tu vida, soportando, abnegado, tus certeros desaires, desdenes y diatribas.

¡Castigo fatal cercenó mi espíritu!

El cansancio, creo, o quizá fue la costumbre de verme, terminó por prodigarme tu existencia en mi rutina diaria; eso sí, instando siempre huir de mí, cual arrebol al caer la tarde.

Era mío solo tu cuerpo, más nunca, o quizá muy pocas veces, lo fue tu corazón, tus sentimientos, tu alma, y menos aún, tu amor, que a pesar de todo lo disfruté con ansia sin límites.

Hoy, después de tanto tiempo, y cuando el paisaje y la geografía del luctuoso ocaso adornan de gris el entorno de nuestras vidas, sigues ausente, ida, como al principio, y más aún: con el dolor de la juventud y la felicidad esquiva, perdida y trémula en el haber querido ser y no haberlo conseguido...

Y entonces afloran, quizá sin proponértelo, dardos de fuego, odio y nostalgia, en esos, tus bellos ojos pardos, traicioneros, fríos, que me traspasan el corazón, los sentimientos y la menguada ilusión de vida que aún se aferra a la desgracia eterna...

¡Sí!

Nunca me quisiste, y, menos aún, me amaste... ¡Y jamás lo harás! Has estado al lado mío quizá por mera conveniencia y, sin embargo, mi amor, así lo acepto...

¡Sí!

A pesar de tu enojo injustificado e inefable, y de tu odio recalcitrante y recóndito, te amo, te quiero... porque al comenzar nuestro preludio hacia el edén de los olvidos, te necesito, tanto como tú a mí, pues has de reconocer, no sin poca dificultad, que soy para ti la última de las estrategias, pero eso sí, la más segura y sincera... ¡Y quizá la única!

Ignoro, aunque sospecho, más no quiero saberlo, ni menos comprender, confirmar ni enfrentar, la razón de tu acibarado desdén que mana a borbotones hacia mí desde de tu atormentada alma...

Las cenizas del dolor, que consumen la fuerza de la juventud, la ilusión perdida y la alegría triste del pasado, es mejor que pernocten en perenne latencia de murmullos, ¡pues su letal tibieza presagia un ardor que abrasa, que devora y que destruye! Que el hálito del recuerdo no avive su furor de espanto, ni su ansia y mortal desdén de odio y agonía...

Mira que es breve la brizna que falta por recorrer el valle... Por eso, por siempre amada mía, hoy solo quiero suplicarte por vez última, que, al caer la tarde, que al momento de los adioses postreros de nuestras vidas, tú y yo partamos a lontananza, cogidos de la mano, cual si me quisieras...

§

Cuando tú no estás

§

Abril 2005

Son tantas cosas las que tengo, las que quiero, pero, sobre todo, las que necesito decirte... ¡Pero no sé por dónde ni cómo empezar!

Las palabras comienzan a formarse en lo más recóndito de mi ser, pero en tu presencia, vida mía, se agolpan y arremolinan en mis labios, sin lograr siquiera articular sonido alguno... Apenas, si acaso, estallo en lánguidos suspiros, susurros ininteligibles... y no pocas veces, y tú lo sabes muy bien, en inefable llanto. En cambio, cuando tú no estás, amor, y tu ausencia enfría, aún más, mi soledad huérfana de tus besos de fuego y lava ardiente... y tu ausencia castiga con crueldad y sin piedad mi piel desvestida de tus caricias que avivan, con ansia loca y desmedida, la flama de mis entrañas, es cuando, pedazo de mi vida, sin ninguna dificultad armo el discurso de mis nostalgias; elaboro la elegía de mis sentires y pasiones que a ti me aferran y que por ti profeso...

Cuando tú no estás, amor, compongo, entonces, en mi mente, emanadas de mi volcánico corazón, aquellas frases con las que quisiera aprisionarte por siempre entre mis brazos; aquellas frases con las que reconozco que sin ti mi existencia exhalaría presto, pues ha de reconocerse, sin ambages ni escatimo, vida mía, que un amor como el tuyo, seguro, jamás, de nuevo, vuelvo a encontrar...

Entonces, el pánico de perderte en algún recodo de la vida, bien sea por culpa ajena, por debilidad humana mía, o por las dos causas al unísono, se apodera íntegro de mi espíritu, cortándome, de tajo, el hálito...

Sí, cuando tú no estás, amor, afloran fluidas, sin ninguna dificultad ni sobresalto, todas las frases que tú necesitas escuchar respecto de aquellas cosas tuyas que quizá para ti tan solo bagatelas sean, pero que a mí me hacen sufrir y padecer hasta lo indecible...

Cuando tú no estás, amor, raudo emana el discurso hecho elegía... que si lo escucharas, entenderías que soy tan solo, como tú, un ser sensible, débil, y ante todo, humano, que se afecta fácilmente cuando te enojas, a veces sin razón aparente, maltratándome, tal vez, sin proponértelo, en particular, con ese fiero mirar que tienes cuando no te salen bien las cosas; o con los afilados guijarros de tus palabras que con cuánta ira se estrellan contra mí, que tan solo quiere, en esos momentos, servirte de consuelo...

Cuando tú no estás, amor, se me hace tan fácil decirte tantas cosas...

Sin embargo, cuando tú llegas, y tu presencia ilumina la estancia de mi vida, tienes la virtud de confundirme... Entonces, el discurso, las frases y las palabras que con gran detalle elaboré para ti se esfuman, se disipan, arrebatadas por el viento voraz de la pasión humana...

Por ello, amor, ahora que estás aquí, con elemental lenguaje tan solo te digo lo de siempre: ¡Que te amo! ¡Que me haces falta! ¡Que te necesito! Y que, por favor, que así nos cubra con su toga plateada el frío inexorable de los años, estés siempre a mi lado y, sobre todo, que nunca cambies ni dejes de quererme, como hasta ahora...

Tú y yo, hasta siempre.

§

De nuevo octubre

§

Octubre 19, 2005
7:35 p.m.

Sería menos letal y acibarado oírlo, de una vez, de esos, tus criminales labios de encendido arrebol de octubre, y no estarlo presintiendo de tu actitud inefable de ocaso frío y gris; o leyéndolo en tu desdén de árido paisaje penumbral; y menos aún, estarlo padeciendo con tu ausente, mustia y ebúrnea presencia de olivos y quimeras...

¡Se te acabó el amor por mí!

Eso lo entiendo, aunque me hiera, lacere y acribille el alma... pero debo aceptarlo y soportarlo sin reproches, ambages ni ironías...

Pertinaz lluvia de octubre anegó el jardín de la poesía, donde sembré ilusiones y alegrías, así como éste, mi gran amor por ti, que hoy zarpa sin zarpar a la siga del postrer adiós de los olvidos...

Inclemente lodazal de fiero azufre y cenizas de dolor, angustia, rabia y yerta melancolía, hurtó el color de las dioneras y disipó el perfume del cariño, la ternura y la esperanza...

Agreste se tornó la sutil caricia de tus sedosas manos. Filosos ojos de infinitos odios y reproches, antes bellos y expresivos, penetraron con saña en mi débil piel, alcanzando con certeros dardos de hiel el recóndito acantilado donde guardaba para ti mis náufragos sentimientos, convertidos hoy en despojos disipados por el huracán de tus enojos...

Fúnebre arrebol de octubre presagia el destino lapidario del amor sencillo, sincero y sano que siempre te profesé y que hasta la eternidad arderá por ti, bajo este epitafio, en la cruz que a partir de hoy marca el sepulcro de mi terco, iluso y enamorado corazón:

¡Siempre tuyo!

§

Despedida incierta

§

Noviembre 01, 2000

Me duele a gritos tu recuerdo y no puedo, o quizá no quiero, olvidarte.

¡Dolor inefable del alma herida!

Letal adiós ocultó el crepúsculo de la vida, oscureciendo, con sepulcral sombrío, la alegría, la esperanza y la ilusión que un día anegara con frenesí el corazón de un hombre, hoy solo, cabizbajo, ebúrneo y triste.

Añoranza a la verde vida que ulula en la pradera, hoy tan lejana, inalcanzable, ida... cauce de cristalinas y tibias aguas donde lavé con goce el ímpetu de la juventud perdida, hoy yace seco, solitario y yerto...

Estéril la tierra donde sembré ilusiones y esperanzas miles, produjo abrojos, zarzas y guijarros fieros. Deletéreo el néctar de tus rojos labios que embriagó con saña mi existencia entera, desmembrando en trizas, de la montaña al valle, ¡el ímpetu de la soberbia roca!

Impresionantes olas de efervescente ansia arrastran a la mar de los olvidos, a las profundidades de los adioses, al abismo de la melancolía, de un hombre triste el sueño, la ilusión y su fantasía. Me duele a gritos la existencia ida, alma herida con letal perfidia, pasión mortal que se aferró a mi esencia, emana versos de ensangrentadas letras.

Me desperté en el suelo do soñaba en lo alto, de espinas y no de pétalos ni rocío era el abrigo que recubrió mi ensueño y que diezmó mi hálito.

Despedida incierta, adiós en lejanía yace la ilusión de un hombre que en su congoja exhala.

§

Dolor y sentimiento

§

Abril 2001

Me duele inmensamente el alma cada vez que partes sin destino cierto… cada vez que te ocultas en el amparo del olvido… cada vez que te cubres con el manto crepuscular de la vergüenza… cada vez que te esfumas en el atardecer lluvioso de la indiferencia… pero, sobre todo, cada vez que transpira de tu alma la sutil fragancia de la infidelidad.

¡Sufro con dolor eterno cada vez que no te veo! ¡Cada vez que imagino tu boca en otra boca! ¡Tu piel en otra piel! Cada vez que presiento tu cuerpo en otro cuerpo, ¡tu alma en otra alma! Cada vez que imagino tu pensamiento en otro pensamiento, ¡tu risa en otra risa!

Pero, sobre todo, cada vez que siento que no sola es mía tu cálida, ardiente y volcánica feminidad.

Estás... pero no estás. A veces creo que estás, pero no, ¡no estás!

Tu grácil y sensual cuerpo yace con el mío en el prado del placer humano, ¡pero tu alma y pensamiento no lo están!

¡Estás, pero no estás!

Disfruto tu física y divina presencia de mujer, pero me duele hondo, muy hondo, tu ausencia de sentimiento que divaga, no sé por dónde... pero no quiero saberlo... Es mejor sufrir, y hasta morir, con el sinsabor de lo incierto, a padecer el letal tormento de la cruda realidad...

Adoro y bendigo la luz de la esquiva mirada de esos, tus bellos ojos pardos que añoro con profunda tristeza. ¡Sí! Esos infieles y tropicales ojos que un día, con sensual y mortal mirar, penetraron sin compasión alguna, cual saetas de asesino filo, en el endeble cancel de mis pasiones añejas por el paso de la vida, la tristeza, el sufrimiento y la soledad...

¡Dolor y sentimiento anegan mi débil existencia! ¡Placer y muerte me trajeron tus encantos! ¡Felicidad y tristeza emanan de mi alma al recordarte! Fluyen de mi espíritu, cual manantiales desde la cima inhóspita, bellos recuerdos y sentires tiernos, que, al serpentear por la ladera ineludible y exquisita de tu desnudez, se tornan airosos, tormentosos y voluptuosos, hasta llegar al valle del olvido, do ululan las aguas quietas, profundas, traicioneras y oscuras...

Y el verso se convierte en oda triste, elegía del dolor, postración del alma y del hombre su letal debilidad...

El río de mi vida, casi exhausto y con sabor amargo, desemboca en el salado, infinito, anónimo y borrascoso mar de los recuerdos idos, de las pasiones perdidas, de las ilusiones muertas, de los ebúrneos sueños que nunca fueron... Y allí te encuentro, amada mía, y allí, pese a todo, ¡te sigo y seguiré amando sin fin!

§

El olor a la tristeza

§

Julio 2001

Profundo sentimiento y añoranza intensa despiertan en mi memoria, abatida por el frío de la ausencia, el recuerdo de años idos y el ocaso gris de tu injustificada y no esperada retirada...

¡Te fuiste al caer la tarde!

Crepita la melancolía al avance de la noche que lo oscurece todo, ¡hasta el alma y la ilusión pasada!

Navego ciego con derrotero incierto en estas aguas, por demás violentas, persiguiendo un horizonte iluso, a la siga de un amor lejano, culpable de una vida aciaga...

Noche sin alba me aprisiona el sueño, desiertos versos desgranan el alma. Culpable ella de esta inmensa flama que me quema la vida y a la ilusión la apaga. Versos heridos, en fugaz huida del alma, emanan cual lava ardiente que recorre el valle, ayer pletórico de azahares vivos...

Huele a tristeza y a dolor del alma, crepita nostalgia en el corazón baldío de un hombre triste, solitario, ido... Me duele, inmenso, tu pasado oscuro, ¡pero lo acepto!

Hoy soy un lejano, solitario y triste faro anclado en la inmensidad de un océano olvidado y taciturno, golpeado con insistencia por la brisa de tu existencia grácil, juvenil y pletórica de libertad y descarada risa loca.

Amé en silencio, y en silencio muero, llorando tu amor traicionero y yerto.

No me despido, porque ni la muerte misma borrará de mi alma ésta, tu infiel historia, por demás vacía...

§

Fallido intento

§

Agosto 07, 2001

¡Lo siento! Son tan fuertes los fantasmas de tu pasado ignoto que es muy difícil que te dejen el corazón y el alma libre para amarme como yo lo necesito.

¡Adiós!

Fue bello, y yo ingenuo, creer que solo a mí me amarías… Creí estar preparado para aceptarte tal como eres, pero fallé en el intento. ¡Me equivoqué por partida doble!

Sin embargo, recuerda: nunca dejaré de amarte como te lo prometí. ¡Siempre estarás en mi alma, incluso en este infierno que hoy comienzo al perderte!

¡Quizá algún día estemos preparados para amarnos sincera y plenamente!

¡Adiós!

Te pido, por favor, permitirme seguir enviándote mis sentimientos por este medio, el cual será el único que utilizaré, aun cuando en cada esquina, en cada rincón de tu existencia, estaré, perenne, presente e indeleble.

Siempre estaré ahí, aunque tus pardos y traicioneros ojos bellos no puedan verme, pues me cubriré con la sombra del dolor y la nostalgia.

En la lluvia de las tardes, y en los fríos de la noche que calarán tu alma y recuerdos, estaré presente, escondido en la oscuridad de la añoranza.

Te estaré observando divagar por el valle del placer y las pasiones; sabré de cada paso tuyo, más nunca intentaré inmiscuirme en tu vera, como tampoco cambiar el curso de tu vida…

Sentiré en el alma cada golpe que te dé la vida; pero gozaré, con intensidad, cada alegría que te embargue el alma. Más nunca lo sabrás, no lo notarás, ni mucho menos me verás… pero ahí estaré.

Sufriré con llanto al ver tus labios mancillados por otros labios o tu cuerpo estremecido por el placer que te causen otros seres, más nunca me verás ni sabrás que estoy ahí.

Tan solo lo presentirás por el olor de la primavera ida que ululará, cual fulgor de azufre, y te impregnará y comprimirá el corazón entero.

¡Ahí estaré siempre, amada mía!

§

Gracias amor

§

Diciembre 27, 2005

Aunque por orgullo o rabia, o por las dos cosas, nunca leas estas postreras letras de dolor, amada mía, te las escribo con el corazón ensangrentado en mi mano, de muerte herido por tu letal e injusta decisión de preferir y defender, fiera y abiertamente, esa que tú llamas: "simple amistad"; por la cual hoy, sin dificultad alguna y sin importarte mucho, te separas de mi lado, por encima del amor que te profeso, y profesaré por siempre, de forma sincera, fiel, limpia y desinteresada.

¡Tómalo! ¡Concluye tu trabajo! ¡Destrózalo del todo! Despedázalo en mil partes, con furia, contra el piso, hasta que deje de latir… hasta que deje de sentir esta amargura indecible que mana, con estridencia, del desamor de quien te quiso, de quien te quiere, de quien te querrá... aunque nunca me hayas entendido, y menos, hayas aceptado, valorado ni comprendido el candor y la dulzura de la poesía, el ardor y la entrega posesiva y desmedida de este hombre triste que en soledad fallece.

Me auguras más castigo, amada mía. Sin embargo, amada, uno mayor al que hoy me causas no es posible que alguien o algo pueda propiciármelo; pues el verte partir a la siga de una ilusión vestida de oropel que ofrenda dolor por doquiera, y que, ineludible, mañana desangrará tu alma, es el mayor de los tormentos... la más grande tristeza y el peor de los castigos que alguien pueda proferirme.

Ten cuidado, bella mía, que, por instar vengarte de mí, a ultranza y sin cuartel, y por algo que, reconozco, quizá también sea culpa mía, puedes instigar y facilitarle al áspid, que acecha a la vuelta de la esquina, su certera y mortal mordedura que enfermará sin cura alguna tu fe, estima, alma, destino, esperanza y alegría.

De todas formas: gracias amor por todo lo vivido y compartido.

Además de bella, amada mía, y tú lo sabes, eres inteligente, capaz y decidida. Tienes cómo enfrentar la vida y conquistar el mundo cuando quieras. Crece, ve tras tus ideales y alcanza tus metas, que yo estaré siempre, cual girasol, atento para aplaudirte cuando triunfes, o tenderte la mano y apoyarte, de ser ello necesario.

¡Sé feliz! Disfruta con sigilo la vida, el placer y la vana ilusión que profesan los hombres por doquier. Pero no te confíes y estés preparada cuando te engañen o pretendan solo usarte o daño causarte. Cuando esto te pase, que de seguro te va a pasar más de una vez, no te amilanes por ello. Haz omiso caso y sigue adelante, airosa y buena moza, ya que amores de esa talla encuentras, de sobra, en el frío asfalto de la calle.

Si llegara alguien que de verdad valga la pena, que te apoye, que te entienda, que te de verdad te quiera, consérvalo y date en exclusiva para él. No permitas, como te sucedió conmigo, que la humana debilidad del sentimiento, o la efusión desenfrenada, te hagan justificarle que aquello es tan solo otra "simple amistad", porque entonces, como ahora con nosotros, se repetirá esta horrible y desgraciada historia que destruyó de un solo tajo mi miserable y triste vida.

Ahora bien, bella amada mía, si algún día sientes un llamado interior que te orienta hacia mí, o un ahogado grito de necesidad que te dice que aceptes, sin compartirme con nadie, desde luego, mi amor de lodo, de fango gris, de aroma de tulipán en el ocaso, tan solo vuelve a mis brazos que te estaré esperando para amarte hasta mi, ahora más que nunca, cercano y final adiós...

Siempre, tuyo.

§

La flor del cactus

§

Septiembre 2004

Incólume, sencilla, humilde y frágil mujer, amas sin condiciones, compromisos ni ataduras. Recibes con plenitud estas briznas de idilio y de pasión, sin esperar a cambio más que unos besos, y a escondidas prodigados...

Aceptas, sin murmurar siquiera, el capricho asfixiante de mis nostalgias y tristezas vanas... Compartes, en silencio cómplice, la agónica y estridente plegaria de mi melancolía de otoño.

Comprendes, sin endilgar reproche alguno, el arduo, tormentoso y acibarado pasado de mis días, preñado de quebrantos e insípidas pasiones de una ilusa juventud, hoy postrada en el ayer tardío...

Exhala, entonces, furtiva de mis añejos y fermentados rencores, la indefensa y taciturna ilusión de un amanecer plagado en versos, luz, gracia y armonía, tras esta larga y absurda noche de fatal melancolía...

De repente el otoño de mis días detiene su paso frío y categórico, mientras esquivas petunias y dioneras, quedadas de la primavera, alegran con su orgía de colores mi existencia, tornando vivaz el tapete de hojarasca que vaticina el arribo del inclemente y postrer invierno de la vida...

Eres flor de otoño en el trasegar de un hombre anegado de tristeza y de sueños no cumplidos; sepultado y derrotado bajo el invernal manto del olvido y la esperanza sin regreso de un final sin gloria...

¡Extraño es el amor e impredecible la acción humana!

Florecen dioneras caprichosas entre las abiertas grietas de imperturbables y áridas rocas perdidas en el recodo del olvido...

¡Se aferra el musgo a la hostil ladera!

Crepita el alba entre la abyecta noche, y hasta florece el cactus en el desierto estéril...

Sublime amada mía: tu fresca, perfumada y grácil presencia aviva el fuego entre cenizas frías; en versos sentidos se desgrana mi alma; ilusión furtiva a mi pecho anima; amor sencillo, aunque compartido, yo te profeso hasta el alba aciaga de mi presentida, inexorable y, muy cercana, despedida...

§

La flor del caucho sabanero

§

Enero 2005

En cambio tú, en este breve y postrer estadio de mi vida, sin exigir recompensa alguna, sin imponer condiciones, ni ataduras, tampoco compromisos ni complicaciones de ninguna índole, amas íntegra, total y profundamente...

Transpira de tu alma el néctar que embriaga y que apasiona al sentimiento. Emana de tu alma la cálida ternura, propia de una mujer en el cenit del amor y la alegría.

Llegaste, cual fulgor vespertino, penetrando, con arrojo sencillo y certero, los canceles de mi fustigado y marchito corazón...

Apareciste entre la bruma nocturnal de los olvidos, cual exótico turpial solitario y huérfano, en la hirsuta espesura del bosque tropical. Tu hálito de esperanza revivió la ilusión y avivó la pasión, las cuales yacían trémulas y cansadas; derrotadas por el febril desmedro de los días, los meses y los años, allí; en la íntima profundidad del espíritu, donde habitan e imperan los llantos negados y los olvidos esperados.

Amada mía: el geranio que hoy revive y florece, gracias a las bondades de la brisa y al rocío de tus ilusiones nuevas, echó raíces, tiempo hace ya, en el valladar que aprisiona, por siempre, su existencia...

Buscar plantarlo en otro jardín implica su súbito deceso... Y tú lo sabes y así lo aceptas, recibiendo, a cambio, con plena gracia y amor sincero, sin escatimo ni reproche alguno, bien la brisa rezagada del edén, bien las tormentas del amor, la pasión y el ensueño, o bien, las cenizas del dolor que carcomen, sin misericordia alguna, y a diario, el hálito de mis días...

Te entregas al amor sin condiciones. Recibes con cariño, gratitud y sencillez, no importa cuándo, dónde ni en qué circunstancias, bien mis cansados besos, mis débiles caricias, mis pasiones secas; o bien, la abundancia de mis tristezas, desaires, egoísmos, desvaríos, angustias, quebrantos y vicisitudes.

Todo lo aceptas, agradeces y comprendes.

Callas cuando el silencio requiere mis sentidos; me besas cuando mis labios se resecan de amargos sinsabores; me alientas cuando el dolor, la tristeza, la melancolía y la nostalgia agobian de muerte mi existencia herida.

¡Sí!, te pareces a la flor del caucho sabanero: exótica, blanca nacarada, solitaria, queda, bella y esquiva; pero, sobre todo, con singular presencia y percibida, con sutileza, entre el espeso follaje, allí, en la maraña de los bosques agobiados por el depredador humano que invade sin mesura su hábitat sagrado.

§

La sonrisa de tus ojos

§

Marzo 01, 2006

¡Sonríes con tus ojos, linda! Felicidad y necia picardía, incontrolables, aunque instes impedirlo, se asoman a tu mirar, dispuestos a ser capturados en mis versos...

Cuando sonríen tus ojos, linda mía, exhalas exquisita alegría y embriagas de poesía y románticas melodías la estancia engalanada con tu presencia, rociando con susurros de dicha los rincones de mi melancolía...

Esa sonrisa tuya, linda mía, es tesoro invaluable. Cuando sonríen tus ojos anegas de fantasía el valle triste de mis versos muertos...

Amarte, como te amo, linda... ¡Dicha preciada! Emoción vagabunda en mis añejos años. Locura y delirio embriagante de néctar libado en los rebosantes pétalos de mortal hechizo que Dios, caprichoso, te ofrendó por labios.

Y aunque amarte, linda, como te amo, no ha sido tarea fácil... y aunque no pude conquistar el pedestal de tu esquiva confianza... y aunque no haya logrado, y me declaro vencido en esta lid, encausar el torrente confundido de tus dispersos, inquietos y montaraces sentimientos por el camino espinoso de la íntegra fidelidad; ya que tus pasiones clandestinas e inconfesas doblegan tu espíritu taciturno, seduciendo fácilmente tu débil voluntad; siempre quise guiarte por la senda que conduce al jardín de la añoranza de mis versos tristes...

Hoy confieso a gritos, linda, pese a todo, lo feliz que a tu lado he sido, en especial cuando sonríen tus ojos para mí e iluminas, con el resplandor de tu mirada, mi existencia que exhala en el ocaso ebúrneo de mis días...

Sin embargo, linda, la vorágine de las dudas me arrastra, perenne, al oscuro laberinto de las calladas angustias que asesinan y ahogan en la nostalgia; pues me agobia, enloquece y enceguece el resplandor estridente de tus ojos cuando el motivo que te anima es esa maldita ilusión traidora que ulula en tu corazón desde cuando, quizá sin proponértelo, tal vez por algún capricho, le permitiste entrar a tu vida... y se quedó, y tú no lo dejas, pese a mis súplicas, que se vaya, sin importante que por ello mis sentimientos sean presa de dolor y exhalo....

Solo te pido, por último, linda, que cuando mi vida, enferma de tristeza y corroída en el fracaso del amor, parta sin regreso, me prodigues una postrera sonrisa de tus ojos...

Por siempre tuyo, amor.

§

Ocaso

§

Enero 2006

¡Eres como el ocaso!
Bella, exótica, lejana y queda.

Cada tarde diferente.

Arrebol que pregona el frío agónico de los olvidos.

Víctima ineludible, pero reiterativa, de las sombras
fatales de la noche que lo devoran todo...

¡Eres como el ocaso!

Ahíncas la esencia del poeta herido, desgranándole de su atormentada alma ensangrentados versos que transpiran tragedias de dolor intenso que con nada calman.

Deshecho girasol de octubre de marchitados pétalos y aromas fúnebres yace tirado a la puesta del sol, en este aciago enero, a la siga de un final corroído por la nostalgia infinita de saberte ida desde tu llegada, retenida por mi insistencia ilusa de creerme amado en el esquivo amanecer que nunca fue...

¡Que me negaste tú!

¡Que impediste tú!

Pese a tu corazón muerto en perdidas batallas de fútil amor, mantuviste viva nuestra relación, solo para no causarme más dolor, daño y nostalgia, como me lo gritaste en ese ocaso aciago de pesar y muerte, presa del odio, el rencor, la ira y el desamor, al sentir que descubría tu ardid...

Sin embargo, amada mía, ello fue aún peor que tu engaño. Más grave y afrentoso que tu traición, más doloroso que la inexplicable indiferencia de tus besos... Fue, simplemente, mi muerte en vida.

Abandonas sin donaire, amada mía, como el ocaso, la diurna luz de la alegría vivida, para entregarte ciega, inefable, reiterada e irrefrenable, al abyecto e inconfeso goce del placer humano: Bello traidor agazapado en las aviesas sombras de la alcahueta noche que nos atormenta, acecha, seduce y destruye, finalmente, a todos...

¡Eres como el ocaso!

Unas tardes alegre y pletórica de vivos colores. Manantial de apasionados y esperanzados versos de amor. Otras veces oculta entre las negras y densas nubes del vespertino invierno: Presagio mortal de amores turbios.

¡Eres como el ocaso!

Llegas al caer la tarde presta a libar ese infiel almíbar en la oscura y cómplice frialdad de la clandestina noche, a pesar del néctar sincero de mis besos, a pesar del canto de súplica en mis versos.

¡Eres como el ocaso!

En esta tarde de enero triste, grises y plomizas nubes, que por más que quise y trabajé por ello, nunca logré disipar de tu vida, devoran sin compasión alguna, y hambre desmedida, el poco amor y la esquiva confianza que me tuviste un día.

¡Eres como el ocaso!

En esta tarde de enero triste, falsas promesas e ilusiones vanas que te han hecho, y que tú has creído, cual ventisca de muerte, destrozan con certeros golpes en mi pecho herido la diáfana sinfonía inconclusa de mi idolatría por ti...

¡Eres como el ocaso!

A pesar de ser tan breve tu presencia, a pesar de compartir con otros seres tus sentimientos, te amo hoy y hasta en la muerte, e inventaré la forma de hacerlo posible más allá.

Como el ocaso, nunca adiós, amada mía. Siempre presente en tu alma queda la huella indeleble de mi amor sencillo, sincero y bueno.

Como el ocaso, inmortal, amada mía, tú lo serás en cada letra… en cada lágrima emanadas de mis entrañas, esculpidas en estos tristes versos de dolor y olvido, que errabundos, ulularán tu amado nombre a través de la eternidad.

Por siempre, tuyo.

§

Presagio

§

Junio 07, 2005
3 a.m.

Cuando las incontrolables pasiones de la oscura noche devoran lo que en el día causó dicha, fe, alegría y amor, solo nos queda una débil y esquiva esperanza: que, de nuevo, mañana, si hay mañana, brille el sol.

Al callar un sentimiento que nos corroe el alma lo hacemos pensando, quizá, en causarle el menor amargo llanto posible a quien, por alguna razón, tal vez por compasión o pena, no queremos, o no podemos, aún, decirle adiós. Sin embargo, tan sólo logramos con ello prolongar e infectar, aún más, su intenso y agónico dolor y sufrimiento...

Para ti no debe ser fácil, eso lo sé y lo comprendo, decirle adiós a quien tú sabes que te quiere, ama e idolatra; más aún, cuando tantos recuerdos gratos se han compartido y un amor leal, hasta la muerte, algún día prometieron...

Pero, dañino más aún es ocultar o dilatar lo que el pecho, inefable, fragua; pues más temprano que tarde la hiel derretida y represada de ese ignoto y entrometido sentimiento con más violencia y saña se desbordará, arrasará, quemará y aniquilará, sin contemplación alguna, la triste y magra geografía de la existencia estéril del indefenso y confiado enamorado...

Hoy lo presiento... presagio que una vez más sientes un inconfeso e intenso deseo de dejarme, de partir, de ser libre, de abandonarme, de abrigar un nuevo sentimiento. Pero, esta vez, si te decides por fin, o si continúan tus obvias señales de inconfesa despedida, así por ello muera de dolor, no instaré disuadirte como lo hice en reiteradas y recientes oportunidades.

Todo en la vida alcanza un límite, y aunque me duela y se me parta el alma, no mendigaré más tus besos, como tampoco las migajas de tu amor; pues presiento que mis añejos versos te causan hondo hastío y mis palabras te resbalan, inocuas, por la piel....

Sin embargo, presagio que algo te impide, de tajo, proceder así, haciéndote difícil emprender el camino del adiós temprano en primavera... ¿Es quizá gratitud? ¿O tal vez que algunos sueños tuyos aún yacen inconclusos y yo podría contribuir con ellos...? pues no creo que sea amor, ¡mucho menos gratitud!

Cuando se quiere no se responde ni se hiere con el frío letal del sepulcral silencio, como lo haces tú. Cuando se ama, uno no se hastía ni del verso, ni de la palabra y, menos aún, de la presencia del ser idolatrado. Cuando hay amor, amada mía, se hacen eternas las ausencias y angustiosamente breves y dichosos los momentos compartidos...

Por favor: que ninguna razón te mortifique ni detenga tu partida inexorable; pues si te abstienes de partir por mera gratitud, ¡tranquila!, recuerda que lo que te ofrendé solo fue el efecto simple del pleno de amor y sin mezquino interés alguno que por ti profeso... y por Dios que tú, amor, pese a todo, lo merecías. Además, y tú lo sabes muy bien, con ello fui feliz... muy feliz; y eso no tiene precio ni factura para devolución.

Pero, si lo haces es porque tus metas están inconclusas y aún quieres perseverar en ello, que te conviene y veo que aún necesitas, y si tu orgullo o tu nuevo destino te lo permiten, cuenta siempre con mi apoyo, sin que esto para ti sea compromiso alguno.

Todo lo que de mí necesites lo tendrás, así partas hoy mismo por brumosa senda... Aunque, no lo olvides, nada me hará más feliz que verte triunfar en tus proyectos. Recuerda siempre que sigo siendo ese hombre que cumple su palabra, aunque el alba presagie y me condene a la tristeza, al dolor y al sufrimiento eterno de ser tu gris ayer y no el presente, y menos el futuro, radiante de tus días...

§

Siempre

§

Junio 18, 2005

Amor, esta argolla que hoy te entrego sin más ceremonia que mi amor sincero, limpio y desinteresado, junto con estas breves y lánguidas letras escapadas del alma ebúrnea del dolor y la melancolía, constituyen, simbólicamente, la materialización de mi compromiso contigo, de ayer, de hoy, de mañana y siempre.

Tú lo sabes: Siempre estarás en mi vida, en mis sueños, en mis ideales, en mis versos y, desde luego, en mis sentimientos, como también en el atardecer lluvioso de mis grises días...

Siempre estaré atento y amoroso, de eso puedes estar segura, ante cualquier circunstancia en la que yo pueda contribuir, colaborar o resolver; desde luego, si tú y el destino me lo permiten.

Por favor, este es mi compromiso contigo y no asumas en consecuencia, o como compensación, que ello implica uno de parte tuya hacia mí. ¡No! ¡Jamás!

Yo lo sé, lo entiendo y acepto: Tu espíritu de ardiente feminidad y vida libre hace que tú no sientas, no es tu culpa, hacia mí lo mismo que yo por ti… y no podemos ir en contra de la naturaleza. No asumas, por lo tanto, por ninguna razón y menos motivada por este presente de amor puro que hoy te ofrendo ebrio de poesía e inspiración del alma, posturas que no emanan con sinceridad de tu ser. Recuerda que el amor, el cariño, la devoción, el rencor y el odio, no se pueden fingir, por más que uno se esfuerce y lo intente. Ello es inútil; siempre aflora el verdadero sentimiento.

Es mi compromiso hacia ti y no el tuyo hacia mí… pues tu alma arisca y herida en el desfiladero de la agreste vida y las incontenibles y airosas pasiones de la débil carne, tan humanas como inefables, no te permiten, así lo intentaras, asumir estas difíciles y elevadas lides del amor; y mucho menos por un hombre sencillo, humilde, romántico, dramática y lamentablemente tierno, indefenso y débil de corazón y sentimiento.

Puedes portarla cuando sientas en tu pecho el vacío de las emociones… o quizá cuando te nazca recordarme. Cuando no la lleves, entenderé la razón de ello y no intentes, por favor, explicaciones fútiles. ¡Nunca te las pediré!

§

Soledad final

§

Mayo 2005 - Julio 2006

Crepúsculo de junio a la siga de la inevitable soledad final. Insuperable dolor del alma. Fúnebre presagio y amargo sabor de olvido. ¡Letal herida nos causó tu desliz fatal!

No sé si lo amaste más que a mí. No estoy seguro... o quizá de lo que no estoy seguro es si alguna vez me amaste...

¡Tal vez tan solo me quisiste un poco!

Pero, que lo deseabas y añorabas con inefable sentimiento y desbocada emoción como nunca lo sentiste ni hiciste conmigo, eso sí que lo comprobé con inmensurable ardor y sufrimiento.

¡Oh triste realidad del mundo cruel y despiadado!

La interminable y oscura noche en la cual me sumiste ya no la evita, ni siquiera la aclara, el resplandor divino de tus traicioneros ojos de acibarada miel que sonríen, que enamoran, que enloquecen y asesinan al mirarlos.

Buscaste con ansia irrefrenable, en otro, turbio placer... Y lo lograste, tanto, como lo disfrutaste... Jugaste rudo con mi amor en la ruleta extrema del perder... y además de destruirlo, lo perdiste.

Le apostaste al placer, y lo obtuviste. Jugaste a perder, y lo lograste. Nunca valoraste, y menos te importó, lo que te daba. No previste ni el costo, ni mucho menos el riesgo, que tu aventura implicaba.

Desde el comienzo oí, iluso, tus pérfidas, justificativas y elaboradas explicaciones, según las cuales aquello tuyo, tu desliz fatal, era tan solo el producto exagerado de mi prolija imaginación y falta de confianza en ti y en tu amor por mí...

Y acepté, ciego, ¡qué tonto!, por el amor que te profesaba, varias veces, que lo que tú tenías con esa gran y decente persona, como lo llamabas, era una simple y necesaria amistad...

¡Oh abominable engaño cruel y despiadado!, si desde entonces dabas rienda suelta a la bajeza de tus desbordadas pasiones en el valladar infecto del placer frenético.

¿Cuántas veces, amor de mi alma, su presencia, aunque no física, invadió e interrumpió con alevosía desmedida nuestros íntimos momentos?

Y tú disfrutabas mi dolor, con gran intensidad, en tanto más ello me afectara...

¿Cómo pudiste estar con él y más tarde fingir amor entre mis brazos?... y prodigarme sucios besos sin que tu conciencia te recriminara tan imperdonable acción... tan ignominioso y feo engaño. ¿Cómo es que la vergüenza no turbó la luz de tu mirada ni el rubor de tus mejillas?

Porque ya estabas acostumbrada a ello... además, engañar te proporciona inmenso placer...

¿Cuántas veces, amor de mi alma, tus hondos suspiros, la indiferencia de tus besos y caricias, así como tu ausencia de pensamiento, estando tú y yo, golpeó con saña la historia de amor que te escribía?

A diferencia de otras ocasiones, en ésta, de él te ilusionaste...

¿Cuántas veces, amor de mi alma, saliste, fiera, en su defensa, sin siquiera estarlo mencionando?

Creíste que era el hombre que siempre esperaste...

Y aunque desde el principio de tu desliz fatal la duda criminal no dejó de golpear mi mente, guardé, hasta el final, la tenue esperanza de que todo fuera como lo justificabas...

Fallaste cuando todo te lo daba. Quebrantaste la confianza del ser que te adoraba. Cambiaste por sucias migajas de corrompido goce, recogidas a hurtadillas de la fría calle, el proyecto de limpio amor y vida recta que te ofrendaba...

¡Sí! Nunca comprendiste... o quizá no te interesaba comprender, lo que para ti yo edificaba y por lo cual estaba dispuesto a darlo todo, con tal de lograrlo.

Trocaste el futuro limpio y cierto que a mi lado te esperaba por turbios y fugaces momentos de vulgar placer de calle. Y lo hiciste para satisfacer lo que guardas desde siempre, recóndito, en tu alma, y que satisfaces en clandestinidad. ¡Sí! Esas, tus ansias irrefrenables de causarle daño a quien se atreva a quererte. A quien te ame. A quien te respete. A quien de verdad te adore.

Hoy el engaño, por su magnitud, es evidente, imposible de ocultar y, además, público. Pena fatal corroe mi alma y delezna con tristeza mis sueños y alegrías.

Hoy, aunque para entender tu error fatal con él tuviste que sufrirle engaño, mentira, vergüenza y afrenta pública, y ello me hace aún más desgraciado y triste, ya no puedo creer, aunque quisicra, ni en tus lágrimas, ni en tus súplicas, ni en tus vacías promesas de fidelidad futura, ni mucho menos en los besos de tus infectos labios... Porque de nuevo, en un mañana, no muy lejano, así quisieras refrenarte, vuelve a suceder...

...Y aunque lo intente, mi alma destruida no puede perdonar, ni mi agonizante corazón de nuevo amar, pues tú y yo nos hemos condenado, para siempre, a ésta, la soledad final.

§

Sufrimiento intenso

§

Febrero 11, 2002

Aquella tarde de febrero incierto, de olvido y de nostalgia gris, inmensa lluvia anegó con furia intensa el valle y la pradera de éste: mi amor sincero, desinteresado y diáfano.

¡Sufrimiento intenso!

No sé qué me dolió más, si el partir con el alma hecha pedazos y el corazón con mortal herida causada por el dardo de tu irónico desdén, por el puñal soberbio de tu mentira descubierta y por el acíbar de tu infiel y casquivano amor, o la yerta y ebúrnea indiferencia con la cual asumiste mi trémula y no anunciada despedida.

¡Sufrimiento intenso!

¡Perversa indiferencia!

¡Te dije adiós! ¡Atroz silencio recibí en respuesta! Intención ingenua al mendigarte postreros besos, recibiendo a cambio una mirada aciaga, pletórica de angustia desbordante y calcinante, que hirió mi piel, mi inspiración, ¡y el hálito débil de mi menguada vida!

Me dolió hasta el alma partir en tan aciagas circunstancias...

¡Mil veces más letal el que lo permitieras sin que te importara!

Por ello, hasta en la misma muerte voy a llevar este dolor intenso...

No te conmovió verme de muerte herido, ¡sangrando el alma y con mi vida destruida! Mataste el sentimiento que hasta ayer por ti crepitaba de alegría, lleno de ahínco, fe y esperanza...

Hoy todo yace incierto...

Castigo cruel es el pago al amor que por ti profesé con depurada fidelidad y entrega sin par. Yace vacío el cofre dorado donde consigné mi esperanza en ti; fue saqueado por ignoto ladrón que indeleble se resiste a abandonar tu pasado, enquistándose en tu corazón de hiel, traicionero y cruel...

Duró poco la dicha de creerte fiel, taciturna, sincera y mía...

La debilidad de mi cuerpo, agobiado por los años y la penuria material, otea amenazante mi vida; razón de más y argumento contundente en ti para cambiar de rumbo, de sueños, de intereses, y hasta de falso dueño.

¡Sufrimiento intenso!

Hoy me quedo, de nuevo, solo, enfermo, sin remedio ni deseos de encontrarlo, en este mundo desalmado, gobernado por cosas materiales, inicuas y supinas, que hacen infelices a quienes las ostentan, pero que arruinan sueños, amores e ilusiones en los que carezcan de ellas.

Vete, vida de mi vida, como mejor te plazca, pues a mí ya nada me queda, ¡lo he perdido todo!

Nada tengo que pueda o inste detenerte...

Solo me endulza este trago amargo saber que te amé, plena, sincera y abiertamente, y que tuve tus besos y pasiones, los cuales me llevaré...

§

Tal vez, quizá

§

¡Créeme! He buscado a toda costa explicarme: ¿Qué pasó? ¿Qué hice mal? O, quizá: ¿qué no hice?

Tal vez, mejor sería preguntarme: ¿Qué hizo él para permear y poseer, con cuánta facilidad, prontitud y embrujo, tu pensamiento, tu espíritu y tu existencia, hasta ayer arrullados y protegidos con versos y sentires de mi corazón sincero, ingenuo, incauto?

¿Fuiste, acaso, víctima del ardid galante de la palabra sutil y acaramelada que enamora? ¿O de la refinada coquetería de los detalles? Armas mortales y eficaces, propias del vigoroso y acérrimo cazador, en la basta pradera de la humana y femenina curiosidad.

¿O fue, quizá, la fascinante atracción, inesperada, casual e ineludible del bello físico de oropel que vislumbra, que atrapa y que enloquece, haciendo débil el alma, fácil la carne y ambiguos el amor y el sentimiento?

O tal vez fue la rutina que horadó el cariño y la alegría de estar juntos, tornando gris la primavera y aciago el otoño de los bosques. O quizá fue el abandono paulatino e inexorable de la fuerza vital de mi juventud que diezmó el ansia, el goce y la pasión del hombre, hoy viejo, cansado y triste.

No hay, al parecer, ninguna razón clara, ni tú quieres encontrarla, ni decirla, si la sabes...

Quizá, tal vez, todas ellas hacen parte de la explicación...

Cierto es que pasó, aunque no tengamos, o queramos tener, certeza de ello. ¡Tal vez, ni tú misma lo comprendas, lo sepas o quieras entenderlo!

Pasó, quizá, tal vez, sin darnos cuenta, arrasando en su macabra y oscura vorágine de pasiones inicuas y salvajes la juiciosa y nada fácil construcción de un amor que habíamos proyectado hacia futuro, aderezando, hay que decirlo, con dulces y amargas experiencias.

No sabemos la senda que transite tu odisea; tampoco si vendrán otras tantas y tú no puedas, o quieras, rechazarlas; no sabemos adónde te lleve, o nos lleve, el destino. Todo esto es incierto y trágico para mí...

Lo único cierto es que, pese a todo, ¡malaya suerte la mía!, te sigo amando y no podré jamás dejar de hacerlo, aunque el aceptar tan triste y amargo agravio me queme con intensa flama el alma entera y parta en mil pedazos mil, mi vida, mis sueños y mis alegrías, debilitando letalmente el reducto de mis días...

§

Trigueña bella

§

Sin fecha...

Mi bella trigueña bella, iluminas de ilusión y alegría la noche oscura de mi vida.

Adoro, no solo ese exótico y enigmático silencio, tan tuyo, sino la sonrisa extraña e inefable de tus labios cuando te profeso amor por siempre.

Adoro el murmullo aterrador, apasionado e inteligible, emanado de tu ser cuando me amas; sin embargo, me enloquece y atormenta presentir la infidelidad inconfesa en tus pensamientos, sentimientos, pasiones y sentires en tu alma.

Bella trigueña bella: Amo tu recuerdo, adoro tu silencio, me enloquece tu presencia, bendigo la luz de tu mirar y el almíbar de tu boca...

Siempre tuyo.

§

Versos sin dueño

§

Diciembre 2004

Nocturnal y fantasmal visión del viento ido y la pasión ausente. La brisa del olvido arrebató con furia la esencia vital del arroyo; taciturno en el valle; insolente en el vertiginoso descenso por la agreste ladera de los versos muertos y sin dueño; quedo, solitario, triste y cansado en el delta mortal del avieso final, adornado por guirnaldas de filosas espinas y guijarros fieros.

¡Frágiles dioneras quebrantó el infiel destino!

¡Floridos geranios azotó el vendaval siniestro de la indiferencia!

¡Sutiles flores perecen, dispersas, en la vorágine incierta de las esperanzas yertas!

¡Versos muertos! ¡Versos sin dueño! ¡Lamento del alma! ¡Desilusión de vida! ¡Frase estéril! ¡Ilusión fallida! Sueños en duelo... Adiós y olvido.

Difusas formas matinales, en el feroz averno del dolor y la nostalgia, se esfuman, taciturnas, por sobre la emoción y la alegría insípidas de los quisquillosos años vespertinos, que a dentelladas salvajes avanzan indómitos a la siga de ese opaco, profundo, trémulo y fúnebre océano de la angustiada y recóndita huida, do ululan, perennes, el ansia y el hálito postrero de fingidos adioses...

Fraguado en el dolor trágico de un pasado de abandono, con un presente de ocaso y un futuro de angustia, de olvido, crepita el más intestino de los deseos por acallar y refrenar el grito del día presagiado por el alba. Crepuscular aullido que, arrogante, de nuevo, amenaza, por sobre la voluntad de vida, triunfar al filo de la oscura noche, de la cual el espíritu compungido se resiste al abandono.

Miradas sin destino, sin objeto, errabundas, distantes y arrulladas por el hálito ebúrneo de la tristeza infinita, la soledad inclemente y la nostalgia austera; miradas consumidas en la introspección del tiempo refundido en la bruma asfixiante de la agonía y la farsa humana, pululan por doquiera, cuales versos sin dueño, cuales versos muertos; cual lamento del alma, cual desilusión de vida, cuales pasiones estériles, cuales ilusiones fallidas.

Sueños en duelo, adiós y olvido...

Hojas de otoño...

§

Bosque de pinos

§

Septiembre 30, 2004

Bosque de pinos, urapanes, eucaliptos, cauchos, arrayanes, araucarias, siete cueros, saúcos, sauces, cerezos y mieleros de perenne y amarillo intenso florecidos, verde y frondoso engalana el circunvalar paseo por entre los orientales cerros tutelares de la gran ciudad.

¡El inclemente sol, al final y al comienzo de cada año, abraza con pasión de asfixia la espesa e hirsuta cabellera de aquel follaje que oxigena el alma e inspira versos errabundos!

Pasiones humanas, furtivas y desaforadas, susurran y se abrigan en la sombra de su follaje, rienda suelta dando al ímpetu, a la soberbia y al frenesí sin límite, propios de una vida sin compromiso alguno, embriagada con el néctar del olvido añejo de los años mozos.

Entre abril y mayo el rocío de los llanos apacigua con su errante presencia de nostalgia la sed y la sequía causadas por el agitado verano que persevera indómito a no exhalar temprano.

En esta gran contienda del caprichoso clima se propicia, entonces, el clandestino romance de las hojas, dando inicio al inexorable idilio de la flora.

De junio a septiembre, cuatrimestre de primavera tropical, con vendaval de sueños al aire disipados, en orgía pletórica de flores ulula por doquiera la esencia de la vida, engalanando al bosque de amarillo, rojo, blanco y fucsia, expresión pletórica de belleza y armonía.

Árboles fogosos y de encumbradas copas exhiben, paulatina e inexorablemente, airosos penachos coloridos que van cubriendo el verde de las hojas hasta tornarse en inmensas y seductoras ofrendas de romance florecido...

Prosperan, entonces, penachos de diminutas, bellas, silvestres, inaccesibles y copiosas flores, esencia de su especie; para el común de los humanos poco atractivos y casi nunca percibidos por la fatal, progresiva e invasiva presencia destructiva.

Bosque de pinos... manifestación fehaciente de pacífica y solidaria convivencia entre tan disímiles especies, enseñándole al depredador humano, con gritos mudos y estridente silencio verde florecido, que la existencia es bella y mantenerla es frágil...

Llega octubre y con éste un trimestre de frías lloviznas mañaneras y copiosas lluvias vespertinas. Se abriga el bosque de blanca niebla triste, que hiere al sentimiento y fustiga a la añoranza que mana hacia el letargo. Caen las flores y el verde brillante de las hojas, imperturbable y bello, reclama e impone su dominio, haciendo del paisaje, prisionero de la bruma, el frío, la hojarasca y el otoño de las flores, un fantasmagórico espacio que inspira a la nostalgia...

Bosque de pinos...

El inclemente sol, al final y al comienzo de cada año...

§

De naturaleza humana

§

Febrero 22, 2005

Extraña naturaleza humana... dotada con infinita sabiduría y capacidad sin par; goza y promueve: ¡oh vergüenza atroz! el dolor ajeno y el padecer de otros... y refocila su enferma alma con la colectiva penuria y con el indiscriminado exterminio, so pretexto y a nombre del progreso...

Naturaleza rara que camina ciega; con perversa flacidez y flatulencia hedionda; a la siga de su propio mal; en degeneración fatal; camino a su autodestrucción total; con tal de no doblegar su espíritu, así lo invada la evidente falta de razón y juicio...

Las terribles y salvajes fieras se asocian, algunas, otras actúan solas, para obtener su vital alimento y calmar con ello el hambre, suya, de sus crías o de su clan; más nunca lo hacen, por bestial, siniestra o malévola apariencia que nos inspire su presencia, por circunstancia diferente a la subsistencia... menos, aún, por retozar con la desgracia y la desventura de su aleatoria víctima.

En cambio, el hombre: el rey de la superioridad, la inteligencia y la razón; ubicado en lo más alto del podio entre las especies vivas; capaz de discernir, pensar y transformar, a su antojo o necesidad, todo su entorno; actúa por instinto letal, dañino, y con inicua saña; así no haya justificación de hacerlo, o sean posibles otras opciones más benévolas; en contra de su prójimo, incluso, en muchas y reiteradas ocasiones, de los integrantes de su propio clan; y tan solo por satisfacer sus intestinos y creados intereses, siempre encontrados con los de sus congéneres. Y se entablan, entonces, entre sí, las más sórdidas, infrahumanas y crueles batallas; cubriéndose con el antifaz, o so pretexto de negocios, política, religión... o cuanta cosa pueda dividirlos; arrastrando en su carruaje de guerra y muerte, a inocentes y contrincantes, casi por igual...

Extraña inteligencia, de naturaleza humana, capaz de exterminar su especie de un zarpazo; ¡casi siempre, por motivos o argumentos que en los cueros de los seres "inferiores" no daría, ni siquiera, para un rugido destemplado!

Inteligencia peligrosa y criminal, certera y venenosa, cual ataque de acorralado áspid; capaz de someter, engañar, robar, mentir y hasta matar sin dilación, sobre todo a quien no comparta ni vanaglorie su ideal y proceder; o a quien no acepte, sin murmullo ni protesta, el yugo asfixiante de sus degradantes condiciones.

Inteligencia que construye y usa su propio cadalso y hace pasar por allí, sin término de juicio a toda la humanidad, llegado el caso.

¡Inteligencia dispuesta, contra toda lógica y orden naturales, a justificar que saciar el hambre y las penurias de una mayoría empobrecida a ultranza, con la sobreproducción de unos pocos señores poderosos, atenta contra el equilibrio social y económico del mundo y, por ende, hay que desperdiciar (destruir y botar, llegado el caso) el excedente, antes que compartirlo o distribuírselo al menesteroso, con tal de mantener y subir el precio, y con ello la ganancia!

¡Oh, grande y sin par especie, de naturaleza humana, condenada, inexorablemente, a extinguirse en el inmundo rescoldo de su propio constructo colectivo de vergüenza, maldad y vanidad!

§

Contexto urbano

§

Octubre 2004

Verdes, majestuosas e imponentes montañas y, aun así, víctimas indefensas devoradas por la inclemente, ineludible e hiriente blanca neblina del dolor y la nostalgia vespertina...

Un zarpazo invisible y quejumbroso de aire pertinaz ahínca el descenso, desde la impenetrable cumbre, de un manojo ebúrneo de fría escarcha luctuosa y taciturna, que deslizándose agazapado, serpenteando con parsimonia por entre agrestes faldas e inaccesibles riscos y laderas, insta, indómito y traicionero, hasta coronar de luto la aviesa, desconocida y sepulcral sima de los olvidos...

Agorero paisaje de gris octubre anega la existencia estática, solitaria y triste, similar a las montañas ancladas, por siempre, en la vera oriental de la hirsuta geografía urbana.

Sentimientos inefables devoran la esperanza, la existencia y el manantial cristalino de los sueños...

La ilusión se escapa y se refunde entre la celestina y absurda neblina de los años idos.

Cuerpos presentes de extraviada mirada en rostros distantes y mentes ausentes, en fúnebre y luctuosa procesión de difuntos en vida, por necesario e ineludible accidente urbano se acompañan en estridente silencio, entre rencores intestinos, durante su fugaz trasegar, rutinario y aburrido, a la siga del destino infiel, ¡en la desembocadura de la existencia humana!

Sombrío paisaje de gris octubre, do imperan lo insensato, inicuo, efímero y absurdo; y se desplaza y vitupera con frenesí y recalcitrante odio, la esencia de la vida; la razón de la existencia y la fuente prístina del amor y el sentimiento...

Cae la noche y el manto de la niebla que abriga con frío la imperturbable montaña oriental se hace más denso, gris, opaco.

El esquivo arrebol de octubre abre camino al paso nocturnal de la nostalgia añeja, mientras una penumbra de dolor corroe y cala el alma, que implora, con piedad y en arrogante silencio, de inherencia humana, escapar con disimulo, sin desdén alguno y con insulsa gloria hacia la perpetua sombra, do ya no hay retorno, tan solo gritos de adiós y olvido.

Sin embargo, y con morboso capricho, el destino se aferra en su orgía de odios y amores, y un nuevo amanecer despunta al morir la aciaga noche, dándole trámite al siguiente día que repite, con asombrosa fidelidad de espanto, ¡la historia humana en el contexto urbano!

§

Madruga obrero, madruga

§

Noviembre 02, 2005

Madruga, obrero, madruga, que el día es breve para conseguir sustento. Cumplirles a dos, y hasta a tres patrones, dieciséis horas no alcanzan y, a pesar de todo, sin importar tanto esfuerzo, nadie, al parecer, queda contento.

Corre deprisa, gentil obrero, que son las seis e inicia tu labor aquí; luego, al despuntar en tu rostro la fatiga, ve para allá que son las dos y te espera un nuevo dueño, a quien debes, desde luego, como al otro, mansedumbre, dependencia y gratitud.

Dieron las seis y se hizo noche; exhausto y abrumado, exhala tus últimos alientos de tu ajetreado día en aquel sitio donde te pagan lo que falta para completar la renta...

No hay diferencia si el peso de tu maleta sea de una portátil, unos libros, un celular; una maceta, un cincel, un overol, o una caja con betunes, bayetillas y cepillos de lustrar... el cansancio, el estrés, la angustia y el desdén no escatiman, sea usted doctor, magíster, empleado, tendero, lustrabotas o albañil.

Dieciséis horas no alcanzan para satisfacer la brega del patrón, ponerse al día con la DIAN y, menos aún, conseguir completo el sustento para el alazán y su familia...

Sí, en cambio, se acelera la huida hacia el ocaso y se impide el disfrute de las cosas sencillas, gratuitas y bonitas de la vida...

Exhala tranquilo, gran hombre que hizo del trabajo su destino, que a la siga hay un ejército de seres como tú, incluidos los cachorros del guepardo, que esperan, urgidos, tu pronta y obligada retirada.

Gentil obrero, por los tuyos y allegados no te preocupes, que una vez te hayas ido para no volver, el recuerdo fugaz de tu existencia se diluirá a la par con el olor del incienso y el humo sutil de los cirios que adornarán la iglesia el día de tu partida...

Amé en silencio, y en silencio muero

¡Madruga, obrero, madruga!

§

Oración

§

Diciembre 2004

Habitas, gallarda y majestuosa inmaculada madre de Jesús, en el pedestal de tu iluminada y transparente bóveda celestial. Fortaleces, Santa Reina de la Sagrada Concepción, éste, mi corazón, tantas y reiteradas veces golpeado por el dolor, la tristeza y la melancolía.

Posees, bella Madre de Jesús, la infinita y divina virtud de inspirar ternura, paz, descanso, alivio, admiración e ilusión, a todos aquellos que a tus diáfanos y levitantes pies nos postramos carentes, necesitados y suplicantes de luz, guía, consuelo, perdón, reconciliación, olvido...

Ese prodigioso don, Inmaculada Madre de Jesús, que mana generoso de tus ojos pletóricos de humildad, comprensión, perdón y fe, alimenta, nutre y satisface con suficiencia divina, la esperanza de la vida, continuamente exacerbada, hostigada y maltratada, por el letal acíbar que merodea, malévolo, en cada esquina del trasegar humano.

Un murmullo estridente de oraciones y letanías, ¡oh! Virgen de la Inmaculada Concepción, ulula denso en tu sacro recinto que acoge y abriga, sin distinción alguna, a cuantos llegan, compungidos, unos, arrepentidos, otros, irreverentes, los demás, a pedir favores, una gran mayoría, y a presentar las gracias por lo concedido, la minoría.

Hoy, Santa Madre de Jesús, me postro a tus benditos pies, humilde, a profesarte de todo corazón las gracias sinceras por todo lo que hasta ahora, con tu infinita bondad, a bien has tenido concederme.

Gracias, mil veces, gracias.

Amén.

§

Tesoros de vida

§

Mayo 2006

Salud, sustento y sincera compañía es muy tarde y bien difícil conseguirlos en la edad adulta. Hay que sembrarlos desde temprano; consolidarlos y asegurarlos al madurar, para disponer de ellos en el ocaso cuando de verdad, ineludible, se les necesita.

Los tres suelen abundar y desperdiciarse sin ambages en el desierto iluso de la irresponsable juventud, con el equivocado convencimiento de su infinita perdurabilidad y siempre fácil accesibilidad.

No hay en el hombre nada más efímero, esquivo y fugaz, a la par del tiempo, que estos tres tesoros de vida, en especial, cuando por la inconsciencia de los años mozos éstos nos parecen bagatelas, pese a la sabia y oportuna sentencia de los mayores, a quienes tildamos al respecto de viejos chochos, tercos, caprichosos, insensatos, absurdos... y hasta de egoístas.

La salud, entre los tres, es la base granítica del pedestal de la existencia humana. Al tenerla, nos permite, con relativa mayor facilidad, conseguir los otros dos y a su vez satisfacer las demás necesidades.

La salud, no solo auspicia al sustento y a la sincera compañía, sino que permite el disfrute pleno de todos y cada uno de los goces, logros, placeres e, incluso, fracasos de la vida.

Por el contrario, al quebrantarse la salud, incluso sin necesidad de perderla por completo, se diezma, ineludible, la posibilidad de obtener o mantener, según el caso, el sustento, presente y futuro. En consecuencia "lógica" (causa-efecto), la sincera compañía, que, si ya se tenía, inicia un inexorable proceso deleznable, que por lo general concluye en abandono. Si no se tenía aún dicha sincera compañía, mientras la salud esté ausente, es improbable establecerla y, menos, perdurar en ella, así aún se goce de sustento, que, por la misma razón, también comienza a diluirse de entre las manos, hasta extinguirse pronto, pronto, muy pronto...

Perdida la salud, el sustento y la sincera compañía, sin importar la edad, el directo afectado siempre será una carga muy pesada para alguien (al que le tocó o al que se conmovió), quien por más que inste en el esfuerzo, termina por cansarse y abandonar la brega, desplazando el "lastre" hacia terceros —en el mejor de los casos— que se encargarán del "asunto" según los restos que queden del sustento... De lo contrario, la cada vez más escasa caridad ajena, en consecuencia, constituirán el epitafio de la vida.

Salud en la vejez es más posible y segura, si te cuidas desde joven, nutriendo sanamente cuerpo y alma. Recuerda que tú eres y serás, no sólo lo que comes, sino lo que piensas. Los abusos, el descuido y los excesos siempre envenenarán tu sangre y sentimientos de forma progresiva, creciente e ineludible. Al comienzo las reacciones letales serán llevaderas, pues la fuerza de la vida aún tiene capacidad de respuesta paliativa. Pero, paso a paso esta capacidad siempre se pierde, dando entrada al dolor y al sufrimiento, que se irán arraigando en ti hasta tornarse en insoportables e inevitables huéspedes que te acompañarán hasta la muerte...

En la edad temprana, y al comienzo de la madura, ahorra en salud, tanto y aún más que en sustento, pues a las puertas de la vejez estos dos tesoros de vida, como la tersura de la piel, van desapareciendo, y en su reemplazo llegan las carencias, que habrán de superarse en algo, con lo que ahorraste entonces.

Sé consciente de todas formas que, en el ocaso, la salud se deteriora: ¡oh realidad inexorable! Sin embargo, ello es manejable y llevadero, dependiendo, entonces, de los ahorros del sustento, si los hicimos; de lo contrario, la suerte de la vejez es un calvario, la pena moral una tortura y el suplicio corporal indescriptiblemente triste, corrosivo y solitario.

Si cultivaste, respetaste, mantuviste, toleraste y perdonaste, pese a todo, desde joven, una sana y sincera compañía, los adioses del ocaso serán siempre menos grises y ebúrneos, mientras que las noches del olvido contendrán el susurro quedo de los grillos y la intermitencia coqueta de las luciérnagas, encontrándose razón para esperar el nuevo día, sin importar que éste llegue, bien sea con la lluvia fría, o con radiante sol en la pradera...

Testamento de tristeza y dolor

§

Casi treinta años

§

Septiembre 2004

¡Atardece ya!

Prevalece en el filo crepuscular de los años idos el recuerdo febril de tu sonrisa joven. Hermoso e invaluable tesoro de nuestra accidentada historia.

Una cascada de brillante cabello negro y fino, airoso, sensual y perfumado, una tarde de agosto, hace ya casi treinta años, entró para siempre a mi existencia errante, haciendo deleznar mi arrogante y desaforada juventud, hoy diezmada por el arduo fragor de la contienda diaria.

El destello letal de aquellos, tus pardos ojos, y la exótica belleza de tu mirar salvaje, me enseñaron a contemplar con profundo y nuevo sentimiento la abundante, hiriente y amarilla flor de julio del bosque sabanero, precedida en agosto por otra no menos bella, sutil, blanca, caprichosa y enigmática flor que ulula majestuosa en los gigantes árboles de aquellos cerros orientales, testigos fieles del frenesí de antaño...

¿Cuánto nos amamos? ¿Cuánta felicidad y juventud, a manotadas, derrochamos?

¡Dios lo sabe y para nada nos arrepentimos!

Y, ¿cuánto padecimos? En ti, el negro brillante de tu cascada juvenil, hoy ebúrneo y breve manojo de arreboles de octubre, lo atestigua mudo, taciturno y quedo... En mí, la sombra del adiós que abriga la esencia de mis versos y la humana palidez de la alegría vana se aferran, con denodado y corrosivo empeño, ¡al frágil cristal de mi esperanza yerta!

Escribimos con amor, dolor, tristeza, penurias, llantos, alegrías e ilusiones, ésta, nuestra gran historia de la vida. Allí forjamos con versos, algunos de azufre, otros de alelíes, la existencia de dos esbeltas, intrépidas e indomables araucarias, así como la de un robusto, ineluctable y portentoso pino; quienes a dentelladas y a pasos briosos; a veces confundidos, pero eso sí, siguiendo, sin saberlo, el indeleble camino por los dos marcado; emergen de entre la maraña boscosa de la vida; escenario de la tragicomedia humana donde tú y yo antes florecimos, amamos y sufrimos, y que hoy debemos estar prestos a heredárselo.

Cae aciaga e inexorable la penumbra fatal de la existencia...

Ahora el esplendor y el florecer les son propios a nuestros hijos, a quienes corresponde vivir y escribir su propia historia, ojalá por la senda indeleble que forjamos en sus almas...

Ya el paisaje primaveral nos es ajeno y la brisa fría del otoño abre paso al ocaso de los días... Ahora, tú y yo, ebrios de satisfacción frente al deber cumplido; con gracia plena y bellos recuerdos idos; hemos de zarpar en un viaje sin regreso, dejando espacios para que continúe la historia...

§

Decepción y angustia

§

Febrero 28, 2007

Sí, pronto, muy pronto, tal vez, cumpla los cincuenta... ¡la media centuria!

Ni los tempraneros achaques, ni la evidente disminución de la vitalidad, ni siquiera la inexorable merma de mis básicas capacidades me producen tanta angustia, ni me causan tanta decepción, tristeza... melancolía y desesperación como lo hacen estas tres abominables penas que carcomen mi atormentado espíritu: el desamor de mi esposa; la ingratitud de mis hijos; pero, sobre todo, esa, tu nunca esperada traición con ignota partida a lontananza.

Primero fue mi esposa. Ella, por más de treinta años de asfixiante coexistencia, nunca pudo... o, quizá, no le importó quererme... mucho menos brindarme su decidido apoyo, sin encono, sin oposición a ultranza.

¡Qué difícil experiencia! Desde su juventud, luego en su madurez… y, ahora, en el atosigo de la temprana vejez, un ignoto sentimiento de rabia y frustración, paulatina y creciente, doblega sus sentimientos, acciones, palabras y miradas… en particular cuando se trata de mis cosas, o de mi materna familia; incluso, de nuestro hogar e hijos. Inefable ardor que delezna con furia e inocultable placer mis planes, mis ideas, mis sueños, mis ilusiones… los que quise, sin lograrlo, que también fueran los suyos.

A veces percibo, o me parece percibir… o quisiera percibir, su lucha interna en contra de aquel irrefrenable deseo que anega sus vísceras. Sin embargo, es muy poco lo que alcanza, pues es más poderosa la fuerza de su desamor que el afecto por mí en su corazón. Un indecible e incontenible placer motiva su empeño por causarme daño... ¡Y lo logró! ¿Que por qué nunca me amó? No lo sé. Creo que esa es su particular forma de amar. Castigo que ella le otorga el ser que siempre le procuró y dispuso tierna compañía. Pago por el sencillo amor que recibió... a pesar de todo. Injusta respuesta al sincero afecto que le profesé.

Fueron horas enteras de mudo diálogo, de ausente presencia... miradas perdidas en la profundidad de los olvidos entre dos que se amaban a su manera, pero a solas. Caricias y besos cohibidos; pasiones y ensueños inhibidos en el umbral agónico de una prometida perenne compañía.

¿Que por qué seguimos y hemos soportado, ¡tanto tiempo!, esta tortuosa senda, tal vez equivocada? Tampoco lo sé... tal vez en lo más recóndito de su alma hubo amor; o quizá tan solo fue equitativa necesidad humana, aunque diferente a la por ella percibida de parte mía.

¡Me habitué al desamor!

Pero el acíbar letal que, en silencio, ¡todo este tiempo!, libé con ardor y dolor intenso en el infecto cáliz de su fiero desdén, envenenó de muerte mi ya débil existencia, motivada, ahora, tan solo por la inexorable, inevitable y ¡demorada! sombra del, ojalá, presto exhalo.

Sin embargo, no la culpo. ¡Nadie es culpable! A estas calendas de mi vida absurdo es instar buscar responsables. Además: ¿qué ganaría si los hallara?; ¿en qué modificaría tan lúgubre historia? Pero, tampoco quiero encontrar salida alguna distinta al bucólico ocaso de mis días... ¡al adiós próximo de mi vida!

Después fueron mis hijos. Y no es que pretendiera obtener de ellos alguna retribución posterior a su crianza y formación. Solo busqué e impulsé su crecimiento personal, humano, profesional, social y económico. Mi esposa y yo no esperábamos de ellos, ni fue ese jamás nuestro objetivo, pago distinto al respeto, al amor, a la comprensión...

¡Pero no! Al crecer, todo en ellos fue ingratitud, afrenta injusta, ira, encono, maltrato, manifiesto desdén e inexplicable deseo de vengarse y atacar a sus padres; cual si fuéramos sus más acérrimos enemigos. ¿Por qué? Aún no lo sé y tal vez nunca lo sepa... o lo entienda. O lo quiera saber o entender. Lo único que hicimos con ella; en lo poco que estuvimos comprometidos, además de procurar mantenerlos alejados de nuestras desavenencias; fue apoyarlos, quererlos e impulsarlos por la senda que creímos era la mejor para sus vidas. El resultado: ingratitud que hiere lenta y dolorosamente mientras lacera el alma que se marchita sin que haya lenitivo capaz de revivirla. Bífido puñal clavado en la mitad del pecho... vida partida en dos... letal sangrante herida.

Para un hombre indefenso, solo y triste la ingratitud prodigada por los seres que ama es el peor de los castigos posibles. Padecer letal, imposible de resistir... menos, sobrellevar. Pese a todo, a ellos hoy los entiendo y los perdono; y estoy seguro de que ella hizo lo mismo hace mucho tiempo.

Hoy, compungido, le pido a Dios que oriente a mis hijos; que los ayude y, sobre todo, que los proteja, que los aleje del sufrimiento fatal que corroe el paso de mis cansados días...

En busca de refugio para mis pavesas; tras haber decidido acallar mis penas en la oscura noche del silencio, en las espesas sombras del fracaso; un empalagoso, lluvioso y bello día de octubre apareciste tú... emergiste de entre la cuarentenal bruma que precede al ocaso... precisamente cuando se es más fácil, más vulnerable e ineludible presa de las falcónidas.

¡Lo reconozco!

Nunca me ofreciste nada. En nada te comprometiste. Por el contrario: fuiste muy clara desde el principio, aunque nunca con palabras. Todo lo sellabas con estridente silencio. Tu amor era, y seguiría siendo por siempre, libre, transeúnte, complicado, sin dueños, montaraz, casquivano y lejano... pero, en particular, totalmente incondicional. Sin embargo, así de ti me enamoré. Y quise y trabajé duro en ti y por ti.

Me propuse, ¡qué terco!, reconstruir tu vida... junto con la mía. Pensé: "*Esta es la segunda oportunidad que me prodiga el cielo. El Ave Fénix surgido de la desgracia del amor, que hasta entonces, anda ensañado contra los dos y hace complicadas y terriblemente difíciles nuestras encontradas vidas, nuestros destinos paralelos*". Estaba seguro de ti. Finqué todo mi empeño para restaurar nuestras agobiadas almas; para esculpir en la catedral de mármol que tienes por corazón y sentimientos la más sublime e inmortal estrofa de amor y de alegría; un romance que oliera a lírica, a poesía; un canto de amor y fantasía... mujer: me hiciste creer que al fin la dicha plena yo conseguía. Libé de tu amor y embriagué con su buqué todos mis sentidos, sin persuadirme cuán grande era tu perfidia, cuán refinada era tu hipocresía... fraguada en el exquisito néctar de tus ardorosos y criminales labios.

Y cualquier día; cuando ya estaba de ti letalmente enamorado, cuando menos estaba preparado; me diste en el alma, en el corazón y en los sentimientos con la más vil de las traiciones. Fue un engaño sutil, duradero, inenarrable. Un sainete con el cual faltaste al respeto, a la confianza, al futuro tuyo y mío, sin más escrúpulos que tu divina coquetería y esa falsa ingenuidad de mujer esquiva y sin sentires...

Por ti, por ellos y por ella, hoy muero desangrado en vida, dentro de este cuerpo cobarde al abandono.

§

Elegía a los hijos

§

Octubre 2004

Producto de una ilusión de amor, de una esperanza y un sentimiento sincero, ¡la vida nos premió con tres hijos fuertes, saludables, bellos! Todo nuestro amor, ahínco, juventud, recursos, salud, empeño y esfuerzos, hacia ellos los encaminamos sin duda ni escatimo, con el propósito de fortalecer y encaminar, en cada uno, un destino seguro, con felicidad, progreso, crecimiento, éxito y autorrealización.

A cambio, si acaso, solo esperábamos, en nuestra vejez, la tranquilidad y la esquiva satisfacción de haberlo hecho bien, o por lo menos lo mejor posible...

Infancia humilde pero sin privaciones básicas, pletórica, eso sí, de cariño, apoyo, respeto, comprensión, incluso tolerancia a veces, pero sobre todo, sin infaltables, pequeños y oportunos detalles, que con cuán ingentes y sacrificados esfuerzos cosechamos con tal que en esas fechas especiales, para cada uno, la sorpresa del regalo arrebatara de sus tiernas caras, preciosas, espontáneas e inolvidables sonrisas nerviosas que tantas veces nos conmovieron y rebosaron de felicidad, satisfacción y emoción el alma...

Ante las vicisitudes nos convertimos en celosos, atentos y armados centinelas de la infancia, prestos a desvelar y sortear con éxito cada una de tantas angustias que nos causaron, ya los pequeños accidentes aquellos; ya las osadas travesuras infantiles; ya las pataletas inexplicables; ya las dolencias o indisposiciones que generaron revuelo y diligencia exageradas...

Tres hijos gestados en la misma fragua y con idénticos ingredientes de valores y principios éticos y morales, en un entorno modesto, religioso, sencillo, familiar, honesto, limpio, emprendedor, austero y solidario... Y sin embargo, tan disímiles y antagónicos, ¡cual si madre, padre y amorosa y sana crianza no tuvieran por común!

Arribó la inexorable y explosiva primavera de la adolescencia indómita... El jardín del hogar se plagó de mil colores en flor y la belleza pasajera de lo físico no solo adornó con sus galas de oropel la estancia de sus vidas... ¡también lo hicieron filosas espinas que engalanaron el ropaje exótico de sus concepciones!

Pasiones inefables saturaron el recóndito interior de sus sentires, instándolos a tomar agresiva distancia en contra nuestra, generándoles a su vez inexplicable desconfianza, atroz soberbia e insatisfacción por todo; lo que desbordó en el enfrentamiento y en las ofensas injustas, encontrando su diatriba en sus desarmados y aturdidos padres ¡el flanco débil para su rabia estéril!

¡Agonía dolorosa y cruel nos da la vida!

¡Prueba de fuego nos quema el alma!

Comprensión, amor y humildad paterna por sobre el dolor, la nostalgia y la tristeza se imponen... ¡Oh devoción de mártir!

Sin más alternativa, terminamos aceptando en el concupiscente silencio de los años y la autoridad diezmada, ya la desobediencia y la grosería arteras; ya el insulto fiero; ya la negligencia, el desorden, la desidia y el descomedimiento agrestes, propio de quien, a pesar de lo que sienta y exprese, lo ha tenido todo, valorándolo en supina forma, hasta cuando irremediable e ineludiblemente lo haya perdido o sea muy difícil resarcirlo.

Amante compañera y esposa mía, los dos ya hemos cumplido, ¡bien, regular o mal, no importa! Lo cierto es que hemos logrado lo que nos propusimos. Ahora es a ellos a quienes corresponde asumir las riendas de sus vidas, es decir, la responsabilidad de guiar sus destinos, por las sendas y en las condiciones que a bien tengan; pues en el fondo de sus, ahora juveniles y atormentadas almas, ellos saben que crepita incesante aquella semilla buena y fértil que con humildad, cariño y fe ¡sembramos en cada uno de ellos!

§

Espigas al viento

§

Despedida de alumnas del grado 11
Noviembre 2002

En estos instantes a todos los aquí presentes, en la garganta, un nudo ataja las palabras y en los ojos una brizna, llamada lágrima, humedece el sentimiento, dando rienda suelta al frenesí de la alegría manifestada con un tremor y un hormigueo en todo el cuerpo... señal ineludible que nos indica que estamos vivos y amamos con sentimiento indecible a estas, nuestras bellas hijas, que alborotadas, felices, aún incautas e inocentes, crecen como espigas al viento...

No ha sido fácil el camino hasta ahora por ustedes recorrido... y no será menos complicado, arduo y difícil lo que les queda por andar. De lo que sí estamos seguros nosotros, sus padres, es que hemos inculcado y sembrado en cada una de ustedes lo mejor que tuvimos y pudimos para que enfrenten el reto de la vida de la mejor manera, hasta alcanzar el éxito y la felicidad que se merecen, y para el cual las hemos preparado.

Hoy les decimos, sin temor a equivocarnos, y sin que mañana tengamos que recoger estas palabras: que cualquiera sea el destino de cada una de ustedes, o el camino que decidan o les corresponda seguir, estaremos prestos a continuar adelante y sin vacilación con nuestro más grande, caro e impoluto proyecto: ¡ustedes, hijas del alma!

Están aquí entre nosotros unos seres maravillosos: los abuelos y las abuelas de algunas de ustedes... Qué ejemplo más loable y plausible ellos y ellas nos encarnan, pues han logrado escalar, quizá con menos oportunidades que ustedes y nosotros, hasta este bello templo de la tercera edad; y ahí los podemos ver felices, triunfadores, exitosos y, sobre todo, satisfechos con sus nietas.

He ahí, bellas niñas, otro reto: Llegar a la ineludible y hermosa vejez, con un proyecto realizado; ¡el proyecto de sus propias vidas!

Niñas hoy, mujeres mañana, estaremos siempre con ustedes, con independencia de los resultados alcanzados. De ello tengan plena certeza. Las amamos y siempre las apoyaremos sin compromiso alguno, pues nuestro premio es verlas realizadas y felices.

§

Promesa a mi vieja querida

§

Noviembre 24, 2005

Se diluyeron, tan rápido y frágil, entre las manos, los sueños, las promesas, los años, los deseos, la salud, las ilusiones, los sentimientos, los propósitos... y hasta la fuerza y el hálito de la vida.

Todo se nos fue en trabajo y supervivencia. ¡Ardua e ineludible brega diaria!

Te recuerdo, hoy, vieja querida, hace cuarenta y siete años, joven, sonriente, pese al dolor intenso en tu alma, conmigo pegado a ese vestido floreado de tus veinticuatro primaveras, fotografía indeleble de la infancia, por aquellos caminos polvorientos de mi terruño verde y escondido, aún desconocido, que nos vio nacer, crecer y partir esa decembrina madrugada del 68...

Hoy tu paso quedo y doloroso, las huellas del tiempo que laceraron a pinceladas tu piel, y el brío de tus ojos de miel, así como tu majestuosa y bella blanca cabellera, confiesan que la lucha ha sido dura, difícil, desigual y sin cuartel. Que muchas batallas se han librado, algunas de ellas se han perdido, otras se han ganado; sin embargo, el resultado es siempre el mismo: En la guerra siempre se pierde, incluso el ganador nunca lo es del todo.

Entonces, recorre sin clemencia por mi ser, de nuevo, el escalofrío de la cruda realidad que nos acecha y espera a la vuelta de los días... Es cuando te admiro, venero y respeto, vieja mía, pues aunque todo para ti fue siempre más difícil y adverso, tú sola y con el alma de muerte herida desde joven saliste avante en todo, y nunca nos fallaste...

En cambio yo, no sé si pueda siquiera igualar tu hazaña... y aunque tan solo he sorteado tres tercios del camino por ti ya recorrido, siento que la fuerza y la esperanza me han abandonado, haciéndose a su vez imposible soportar esta pesada carga de la vida.

Pero, eres mi guía, mi luz, y la razón de mi actual existencia e insistencia por continuar la brega del destino... Eres el único ser que me ofrenda amor sin intereses, sonrisas que no cuestan, bendiciones prodigiosas, sinceras, y que a diario expresa un regresa pronto que te espero, sin ambages, dudas ni ardides fútiles… ni mucho menos traicioneros.

Lo sé por el grito de tus ojos que me he convertido, vieja querida, en el soporte de tu alma compungida, en la razón de trasegar la dolorosa vera de la soledad de tu vejez, a pesar de la angustia de tu corazón desde joven entristecido...

Por eso, vieja querida, solo por eso, no puedo ni voy a abandonar la marcha, menos ahora que sé que de verdad tú me necesitas.

Gracias, madre querida.

§

Seres queridos

§

Agosto 18, 2005

Letales y certeros golpes diezman el espíritu... La esencia vital insta huir, sin ambages de ninguna índole, por el umbral taciturno y gris de la nostalgia absorta...

Castiga el destino con infames golpes, mermando el hálito de la voluntad, deleznando la ilusión, los sueños y las esperanzas, en otros días, pletóricas de ahínco, efervescencia y fuerza.

El cansancio de los días agobia, sin clemencia y gran prisa, el trasegar de los instantes, que en orgía de remolinos se precipitan por el acantilado del averno y la desesperanza, do ulula el canto fúnebre de la melancolía y pulula el desamor, ofrendado en frágiles y exquisitas copas de traición y engaños inconfesables.

Yace varado en la amontada estación de los olvidos el tren de la agonía, cargado con tristezas, rencores, fracasos e idas alegrías.

Castigo artero propina, no tanto el envejecer temprano en un letargo de ironías, como si la actitud extraña, agreste y por demás altiva de los seres que uno quiere y, sobre todo, en quienes se gastó la juventud y hasta la misma vida...

Fieros leones y hambrientas hienas persiguen, jadeantes y con rabia inicua, los despojos del alma herida de un hombre solo y triste que en lontananza muere...

Todo lo quise hacer bien. ¡Más que bien! Siempre pensé en ellos, mis seres queridos; procurando nobles objetivos, metas dignas y alcanzables; propendiendo, entusiasta, para que ellos las cosecharan y disfrutaran.

Les hice el camino. Les señalé la senda. Les conduje de la mano, no sin pocas dificultades, sacrificios y privaciones, por donde creí más seguro, probable e indicado para sus vidas, a la siga de un destino de éxito y, sobre todo, digno...

Ellos respondieron con fiereza. Ella pagó con rencor y engaño allí mismo, en el sitio que con exagerado amor le construí para que asegurara su futuro...

Fui el arquitecto de sus ideales y el gestor de sus primeros sueños... Y en ello se me esfumó, se me escapó la fuerza, la juventud y las ilusiones de vivir; hundiéndome, cada aciago día que le resta a ésta descorazonada existencia, en el confuso deseo de acallar, presto, el latido débil, casi murmullo agónico, de un corazón de muerte herido.

Hoy el arrebol presagia el arribo inexorable, y ahora más que nunca por mí buscado y deseado, del abanico nocturnal de las sombras del olvido final y los adioses no esperados.

Hoy me he quedado sólo, enfermo de muerte y engañado, en esta fría y familiar multitud estridente de la incomprensión y la diatriba artera, relegado a la triste función de proveedor de sus crecientes y cada vez más exigentes y extravagantes necesidades, sin que logre, por más que me esfuerce en ello, satisfacer su cada vez más voraz apetito.

En verdad, es injusta, desagradecida e inexplicable la razón, cualquiera sea, que ellos tengan para actuar así; lo cual, corroe mis sentimientos y le desgrana, en forma perenne, lágrimas al alma.

Lo cierto es que lo hice, lo hago y lo seguiré haciendo con morbosa devoción. Me es imposible dejar de hacerlo, ya que asumo y cumplo, hasta las últimas consecuencias, mi palabra dada y mi compromiso de hombre y padre, sin que me importe tan enrarecido entorno, incluyendo el sutil y casi a diario engaño inconfeso del amor de mis amores... a quien, pese a todo, sigo amando con diáfana sinceridad, como nadie lo podrá hacer... Y ella sí que lo sabe. Sin embargo, lo seguirá haciendo, sabiendo que su traición me causa insoportable dolor y me precipita con letal ahínco al averno sepulcral de los olvidos.

¿En qué me equivoqué? ¡Porque estoy seguro de haberme equivocado en algo! ¡Claro! ¿Pero, en qué?

Para poder apreciar lo vital del agua que se bebe, es menester haber sufrido sed, sin tener cómo saciarla.

Para sentir y agradecerle a Dios el descanso bajo la sombra, es preciso haber padecido la muerte de la insolación, sin poder guarecer la espalda del Astro Rey.

Cuando se invierte en amor, no se debe entregar del todo el corazón.

Un poquito de hambre y sed, algo de frío o intemperie, y un tanto de indiferencia de cuando en vez, es imprescindible sentir, para valorar el bocado ofrecido, el abrigo socorrido y el sentimiento profesado.

Todo lo obtuvieron fácil, y sin mayor esfuerzo ni contraprestación.

¡He ahí el error! ¡Esa fue la equivocación!

Inconsciente pretendí con ello, quizá, comprar, ganarme o mantener su cariño, su amor, su respeto, su lealtad, su afecto, su confianza y, en especial, de ella, su fidelidad íntegra: Física y mental...

Solo recibí abrojos, guijarros filosos e hirientes... y, de ella, esa parcial fidelidad que incluso hoy me ofrenda, guardando en su mente el atosigante secreto de aquella aventura inconclusa, aún pendiente y en perspectiva, y que para mis desgracias, y por no perderla definitivamente, de ello hago omiso caso y por ende acepto... ¿Acaso tengo alternativa, pese al profuso dolor y daño letal que esto me causa?

Cuando caí en cuenta del error, quise enmendarlo de inmediato... ¡Otro error, tal vez más grave que el primero!

Pues el mal ya los había carcomido, terminando, en consecuencia, siendo yo el inconsecuente, el absurdo, el cruel, el malvado y, por lo tanto, el único responsable de sus desgraciadas vidas; y por ende odiado, reprochado, traicionado vilmente por ella, vituperado, ofendido y condenado por quienes amo, respeto y entiendo en su dolor que sin proponerme les incoé en el alma, y que quizá solo con mi temprana y aciaga muerte reivindicaré...

§

Hija...

§

Cuando los hijos crecen
Abril 19, 2008

Nos embarga inmensa felicidad y satisfacción verte crecer cada día como mujer, como persona, como profesional; pese a las dificultades que la vida suele ponernos de manera constante e inesperada.

Tenlo por seguro, hija querida, que nosotros, tus padres, tus viejos, encontramos, vemos erigida hoy en ti, esa gran obra, la catedral de tu presente y exitoso futuro, que iniciamos a construir desde tu bienaventurado nacimiento en nuestro hogar; y sabemos, somos conscientes, que el camino que aún te queda por recorrer, si bien es cierto es largo y con obstáculos, tenemos la confianza y la certeza de que tú lo sortearás con ímpetu, honradez, amistad, compañerismo, lealtad, grandeza, ahínco, trabajo, profesionalismo, esfuerzo y fortaleza; pues esas cualidades son las galas que adornan tu grata personalidad y preciosa existencia.

Recuerda, hija amada, que siempre estaremos atentos para celebrar con júbilo tus éxitos; para darte la mano, sin ambages, de llegarlo a necesitar; defenderte, incluso con nuestra vida, de ser preciso; pero, sobre todo, para recibirte en nuestros brazos cuando a bien lo tengas o requieras...

¡No lo dudes nunca! En tus padres encontrarás el amor, la amistad, la ternura, el apoyo, el afecto, el auxilio, no importan las circunstancias del momento o la ocasión.

Hija, esa sensibilidad humana que te embellece y acrisola el alma, por favor, nunca la pierdas. Ese es otro de los grandes tesoros que depositamos en ti con recelo y juicio, a lo largo de tu intrépida niñez; de tu ferviente juventud y perenne formación.

Te amamos, tus viejos.

Hojas secas

§

Atardecer de marzo

§

Marzo 2000

Añoranzas y versos inspiras, ¡oh! pletórica petunia de indescriptible encanto, en este arrebolado atardecer de marzo.

Me cae la noche de los años y el frío de las sombras que como el recuerdo de tu adiós ingrato carcomen el alma solitaria y triste de un hombre que en lontananza muere.

¡Viví, sí, no lo niego! Te amé hasta el fin y en el fin me muero. Pero tus besos, y tu descarada y bella risa, caprichosa y necia, enardecen a cada instante el recuerdo de tu celestial imagen, haciendo estremecer de pálpito volcánico mi diezmada existencia taciturna, abatida por los años y los desencantos.

Seductor, nectario, letal y esquivo fue tu fugaz paso por la vera, do ulula el viento helado de la melancolía, el romance añejo y los versos errabundos, que cual hojas secas y arremolinadas por el viento, crepitan al paso de un otoño gris, plomizo y frío...

Pero, ¡oh! turpial de exóticas e impenetrables selvas tropicales, cautivé en mi mente y en mi piel el olor, la fragancia, la esencia y el sabor sensual de tu intimidad de amazónica beldad, de voraz pasión... inefablemente infiel, descarada y bella.

Vive en mí el recuerdo de cada milímetro de tu rumorosa geografía, salpicada por accidentes de locura y frenesí sin par. Arde en las entrañas de mis voluptuosas emociones y sentires el dulce veneno de tus labios, así como el sabor de páramo de tu exquisitez de niña malcriada, taciturna y loca...

Y ello, por Dios, que nunca de mí se irán y avivarán por siempre el sueño y la ilusión ardiente de un hombre solitario y triste, ahogado por el llanto de un adiós nunca por ti expresado, más que con el dardo cruel, despiadado e infeliz de tu letal partida...

§

Necesito que me ames

§

Julio 13, 2001

Mi amor, no es posible cuantificar la pasión y el sentimiento que despertaste en mi alma y corazón. Solo sé que te amo como a nadie he amado jamás; con un agravante, que necesito con urgencia que me ames igual, ¡con sinceridad física y mental! El tiempo y las circunstancias me apremian...

¡Sí! Es poco el tiempo que me queda para amarte y ser amado...Quizá no lo comprendas y ojalá nunca lo entiendas, pero si puedes, aunque sea por este breve periodo de tiempo, entregarte en cuerpo, pero sobre todo en mente, a mi amor, te lo suplico... luego el tiempo te lo explicará y recompensará.

Te amo tanto y me duele que el viento bese tu sonrisa, que la noche te cubra con su manto, que el recuerdo alegre en silencio tu presente, que el pasado invada tu existencia; pero, sobre todo, me duele infinita e indeciblemente la presencia de tu ayer en cada esquina de tu vida.

Sin embargo, si es tan fuerte y definitivo en ti todo aquello, no me queda otro camino que aceptarlo y amarte así hasta la muerte, con tal de que al momento de mi exhalo tu sonrisa alegre mi partida.

Vive feliz y libre como el viento, pero recuerda siempre que te quiero y te espero hasta en la muerte misma.

§

Noviembre gris

§

Noviembre 1999
A ti, bella niña

He llegado a una terrible conclusión: ¡Que te amo!

Lograste traspasar mi envejecida y dura piel, curtida por tantos desengaños, tristezas y desaires que a lo largo de estos años he recibido en forma perenne, con desidia, inclemencia y saña....

Pero, tus bellos ojos, tus labios de fuego y tu sutil coqueteo de niña bella, no han pasado en vano por mi vera... Derretiste el hielo polar de mis pasiones, que cual lava hirviente hoy arrasan todo lo que a su paso, torpe y desbocado, encuentra...

Sin embargo, sé que mis ojos, con toda seguridad, volverán a llenarse de llanto ante el frío de tu adiós, encriptando de nuevo mi alma... pero, no importa. Lo bello, así sea un minuto o un instante, lo voy a disfrutar a plenitud.

Antes de tenerte toda mía, sé que tu adiós está en la próxima tormenta de este noviembre, por demás frío y gris...

No temas ni tengas compasión de este hombre que te adora y ama... cuando quieras: ¡Vete! ¡Déjame! Abandóname sin misericordia alguna... que morir no podré hacerlo de nuevo, pues mis ilusiones habían muerto, tiempo hace ya, y tú, quizá sin proponértelo, lo único que hiciste fue instar, inútilmente, revivirlas...

Qué puedo ofrecerte más que mi amor, mi experiencia y mis versos de obsolescencia y con sabor a añejo... Pero tómalas, disfrútalos, diviértete cuanto quieras con ellos, y conmigo, y cuando a bien tengas... por favor, no lo dudes, déjalos, y con ellos a mí... Pero eso sí, sin mirar atrás el río de tristeza que anegará el valle de mi vida... No vuelvas los ojos, porque de hacerlo... te lo aseguro, te enamorarás por siempre de este alguien que tan sólo quiere amarte y verte feliz, así sea en los brazos de otro...

Bella, en mí encontrarás, cuando quieras, todo lo que en este momento puedo darte: pasión y amor sin ligaduras ni compromisos vanos... Soy el tipo de hombre que conoce y sabe cuándo debe emprender su retirada, cuando su territorio se ha diezmado y otro ocupa, con insolencia, su lugar, sin poderlo defender...

Vete, aunque tan solo me hayas causado la emoción de una fantasía, que hice realidad en la acalorada inspiración de mis pasiones y lujurias de hombre adulto, respetuoso y culto.

Vete, y cuando quieras o lo necesites, si a bien tienes, aquí te espero, ¡aquí me hallarás!

Por siempre, tuyo.

§

Otoño y primavera

§

Septiembre 1999
A ti, bella joven

Revisando el inventario de mi vida, allí, en aquel sitio donde guardo los tesoros más exquisitos, bellos, sutiles y exóticos que la providencia ha tenido a bien concederme, encontré que tú, mujer hermosa, dulce niña de ilusión y ensueño, moras y reinas por sobre todo lo demás.

Iluminas de fantasía y crepúsculo de octubre, con embriagante sonrisa, el otoño del atardecer de un hombre que, con paso lento por el peso de sus años y el cúmulo de sus desencantos, recorre las frías tardes pletóricas de hojas presurosas, en el piso húmedo de la soledad...

Sí, he tenido el coraje de volverme a enamorar y aprisionar tu imagen celestial en la cárcel de mi corazón, de donde nadie, nunca, podrá liberarte...

Eres, de verdad, lo más cálido, placentero y lindo que haya podido tener tan cerca de mí... ¡Nunca antes me había sucedido tan magnánima experiencia!

¡Qué alegría saberte en el frenesí de mi ilusión y mis pasiones cansadas y agobiadas por tanto desengaño, interés mezquino, mentira y falsedad mundana¡ ¡Qué alegría saberte tan cerca, y aunque solo sea en mi mente, toda mía!

¡Qué alegría el saberte la fuente de mi ilusión de otoño y hojas secas! ¡Qué alegría tenerte tan cerca... y aunque solo sea en mi mente, toda y solo mía!

¡Qué placer tan intenso el saberte destinataria y receptora de mis atrevidas frases, que, cual lluvia errabunda, sé que impactan en la seda fina y sutil de tus sentimientos y pasiones!

Sé que pensarte y añorarte toda y solo mía, inicua pasión humana... sé que beber el néctar de tu primavera en los pétalos carmesí de tus seductores y asesinos labios no deja de ser más que la añoranza y la utopía senil de un hombre en el ocaso de sus días, en el otoño de su vida, en el atardecer de un día prolongado, frío, errabundo y lento...

Pero, ¡qué me importa!, el tan solo recrearme en la solemne y voluptuosa intimidad de mi mente y pensamiento acalorados por tu ardiente presencia tropical y de verano, embriaga de poesía el alma y la nostalgia mías.

Nadie, te lo aseguro, ni tú misma, podrá impedir que lo disfrute, y lo siga disfrutando, hasta cuando esa tarde de adioses, llantos, repiques lánguidos de campanas y redobles, me arrebate el fragor de mis pasiones...

Mira mujer: ¡estoy llorando! ¡Oh!, qué intensa y placentera es esta sensación y esta alegría... No, no son lágrimas de dolor, tristeza o vana melancolía... No, no, por favor; es el trepidar de un volcán que se creía extinto en la geografía de tu divina, sensual, poética y núbil existencia.

Ebúrnea y arisca flor del trópico, estas lágrimas que ves en los ojos cansados de un hombre en el ocaso de sus días, son la fantasía placentera que escapa rauda de su alma joven, enamorada y fértil.

Pero, eso sí, mujer, que nadie lea estas frases de amor, que nadie lea estas frases de amor y fantasía; que nadie, excepto tú, escuche y sepa del trepidar de un alma sola y triste por tu ausencia, tus desdenes, tus sonrisas inefables y, sobre todo, por tu olvido y tus retos... que anegan de llanto y brillo, como ya los viste más de una vez, estos ojos que te admiran y devoran de pasión, tristeza e ilusión temprana...

Lágrimas, que si las tocas, con seguridad te van a incendiar el alma de voluptuosa e ineluctable ansiedad, deseo y éxtasis...

Lágrimas que podrían embriagarte eternamente de amor, placer y fantasía...

Si tú me lo permites, y aunque no lo hagas, continuaré vertiendo, sobre la grama húmeda de tus sentimientos, esta lava hirviendo de un volcán hasta hoy considerado extinto...

Tuyo, siempre.

§

Simplemente a ti

§

Noviembre 1999

Ha vuelto la primavera colorida y pletórica de aroma y perfume de azahar a mi vida... Ulula la alegría por doquier y mi alegría palpita desaforada e incansable. Ha vuelto el sol a iluminar mi existencia y la tarde se engalana de arrebol de amor.

Qué bello es estar de nuevo enamorado y tener quien me inspire estos versos con sabor de almíbar. Qué bello es sentir otra vez este, mi pobre y destrozado pecho, desbordado cuando te veo...

Qué bello es poder escribir estas palabras pletóricas de intenso placer mundano y varonil que embarga mi humanidad y mis instintos cuando te evoco en la recóndita e íntima soledad de mi alma, ansiándote con voluptuosidad sin límites… pero, sobre todo, qué bello es disfrutar, en la ardiente infinidad de mi añoranza, cuanto te desnudo y te hago toda mía…

Qué bello es volver a enamorarme, volver a ilusionarme, volver a soñar con el mañana que te traerá de nuevo a mis brazos, para que tus labios y los míos se fragüen en sutil e inefable desvarío, semejante a la locura.

Me tienes al borde de un colapso de éxtasis, ilusión, locura y ensueño… A veces temo que mi ajetreado y tantas veces golpeado corazón quizá no resista la intensidad ni el fragor de tu alegría juvenil, ni tu salvaje pasión de fuego y lava ardiente…

Pero, no importa; si muriera en la desnudez de tus candentes brazos, o bajo el frenético éxtasis de un beso tuyo, o en la posesión de tu esencia femenina y mortalmente excitante… valdría la pena, entonces, sucumbir de emoción y delicia plena. ¡Habría valido la pena vivir!

Preciosa mujer, amémonos hasta la locura... Exótica y delicada niña, ¡no midamos consecuencia alguna! Bella flor del trópico, salvaje y linda dalia perfumada de los bosques, apostémosle al placer y a la aventura…

¡Te amo hasta siempre!

§

Te vas y vuelves

§

Marzo 2001

¡Qué necio he sido!

Parece que ni los años, ni la experiencia amarga de la vida, ni tantos quebrantos, tristezas y emociones vanas, han sido suficientes para mitigar mis ansias de quererte, mi debilidad de amarte, mi aspiración de pretender frenar con versos e ilusiones el montaraz ahínco de tu juventud, la voluptuosa y salvaje pasión de tus encantos, la perfidia de tus acalorados, ardientes y núbiles sentimientos.

Te vas y vuelves como el viento en el valle del olvido, como gotas de rocío en el ocaso triste y fúnebre de mis ilusiones cansadas de vivir…

Te vas y vuelves…. Y nada puedo, ni quiero decirte, ni mucho menos reprocharte… Gracias por volver, no importa que tu cuerpo regrese con sabor a hierba verde, a algas grises, ¡a placer mundano!

Quiero que sepas, terrible amante mía, que siempre te recibiré sin importar el lodo de tu alma; sin importar el placer en tu corazón, ni tu sonrisa contagiada de pecado…

Hasta la muerte, ¡tuyo!